MOORD, WIJN EN EEN HEKSENFESTIJN

EEN PARANORMALE DETECTIVEROMAN

DE HEKSEN VAN WESTWICK
BOOK VIJF

COLLEEN CROSS

Vertaling:
PETRA DE LANGEN

Moord, wijn en een heksenfestijn

is een eboekuitgave van

Slice Publishing

Copyright © 2022 Colleen Cross / Colleen Tompkins

Auteur: Colleen Cross (pseudoniem voor Colleen Tompkins)

ISBN

ebook 9781778660726

Paperback 9781778660719

Hardcover 9781778660702

Audiobook 9781778660696

OOK VAN COLLEEN CROSS

De Heksen van Westwick
Jong Gehekst is oud Gedaan
Een goede spreuk is het halve werk
Niet Getoverd is Altijd Mis
Kerstmis, heksen en een moord
Moord, wijn en een heksenfestijn

Katerina Carter juridische thrillers
Nooduitgang
Met gelijke munt
Engel des doods
Groene schijn
In het rood
Blauwe Maandag

Wil je op de hoogte gehouden worden van Colleens nieuwste boeken,
schrijf je dan in voor haar nieuwsbrief!

www.colleencross.com

MOORD, WIJN EN EEN HEKSENFESTIJN

Merlot, magie en moord...

Tijdens het jaarlijkse Westwick Corners Wijnfestival knallen de kurken en Cen hoopt dat Tyler een spetterend huwelijksaanzoek zal doen. Maar wanneer een van de festivaldeelnemers sterft, is het al snel duidelijk dat merlot, magie en moord niet goed samengaan!

Moord, wijn en een heksenfestijn is het vijfde boek uit de serie 'Heksen van Westwick Paranormale Cozy Mysteries'. Alle boeken staan op zichzelf, maar starten bij boek 1, *Jong Gehekst is Oud Gedaan*, zal de leesvreugde alleen maar verhogen.

Een 'Heksen van Westwick – Cozy Mystery'

HOOFDSTUK 1

*Z*elfs voor oktober was het vandaag bijzonder koud. Op deze vrijdagmiddag had ik mezelf opgesloten in mijn kantoor met de verwarming op de hoogste stand en ik dagdroomde dat ik op een tropisch eiland onder een parasol aan een Piña Colada nipte. In werkelijkheid had ik een deadline die ik moest halen, maar het bewerken van mijn artikel over het komende Westwick Corners Wijnfestival liep niet zo lekker. Ik bleef maar afdwalen naar Piña Colada Eiland, dus ik schoot niet erg op.

Ik ben echt een kampioen in uitstellen en daarom zat ik nu hier opgesloten, in mijn groezelige kantoor op de bovenste etage van een eeuwenoud gebouw. De vloeren kraakten, de leidingen rammelden en zo waren er nog wel meer geheimzinnige geluiden die me gezelschap hielden. Soms was het best eng om hier in je eentje te werken.

De lunch had ik overgeslagen en ik had moeite om me te concentreren terwijl mijn maag knorde, dus ik besloot om snel even een snack te halen bij het café verderop in de straat, voordat ze zouden sluiten. Ik had net mijn jas gepakt toen de buitendeur hard dichtviel. Meteen stond ik stil. Ik verwachtte namelijk geen bezoek.

In de gang staat een wandje als afscheiding tussen mijn kantoor en de rest van de verdieping. Het bovenste deel van de wand was van melkglas. Het was er ergens in de jaren 40 van de vorige eeuw ingezet en ik had het ooit willen vervangen, maar nu vond ik het juist wel leuk. Het deed me denken aan het detectivebureau van Sam Spade.

De *Westwick Corners Weekly* staat niet bepaald bol van de hoogwaardige journalistiek, dus ik hoefde nooit echt bang te zijn voor stalkers of andere idioten. Tenminste, tot nu toe dan, want er stond een onbekende indringer in de gang, met slechts een dun wandje tussen ons in.

Ik doe de deur nooit op slot. Risicomijdend als ik ben zou ik dat eigenlijk wel willen doen, maar in Westwick Corners doe je dat gewoon niet. Kleine dorpjes hebben zo hun eigen regels.

Er kwam ook bijna nooit iemand langs, zeker niet op dit tijdstip, dus wie zou er in vredesnaam in de gang staan? De laatste tijd waren er wel wat bezoekers in het dorp geweest die op doorreis waren. Plotseling kreeg ik de kriebels van deze onaangekondigde bezoeker. Ik negeerde de neiging om te vragen wie er was en in plaats daarvan gooide ik mijn jas neer en pakte een bezem uit de kast. Ik zou in ieder geval het voordeel hebben van de onverwachte aanval.

Ik sloop naar de gangdeur en wachtte.

Ineens verscheen er een schaduw achter de melkglazen deur. Hij was enorm!

Toen ging de deur open.

Een verrassingsaanval was mijn enige kans. Ik gaf de bezem snel een harde zwieper.

"Cen! Ben je helemaal ...?"

"Oh mijn God, Tyler! Ben je gewond?" Ik deed de bezem omlaag.

Mijn knappe vriend, die ook de sheriff is, zat op zijn knieën in de deuropening en hield afwerend een arm boven zijn hoofd. "Dit is niet helemaal wat ik had verwacht."

"Wat had je verwacht? Je had even moeten zeggen dat jij het was." Ik bloosde toen ik aan mijn dagdroom dacht, waar Tyler en ik samen op een strand in de Zuid-Pacific waren. Hij knielde neer in het zand, klaar om zijn aanzoek te doen. Hij opende het kleine doosje en...

Tyler keek naar me op met zijn vriendelijke bruine ogen. "Cen, het is hartstikke veilig in ons dorp. En je weet dat ik je zal beschermen, dus chill een beetje."

Ik voelde me altijd heel veilig in zijn armen, maar ik had ze bijna gebroken als ik harder had gemept. Ik zette de bezem weg.

Op dat moment zag ik dat hij een bruine zak vasthield die bijna wegviel tegen zijn sheriffs uniform. Er kwam een geur van bananen-muffins uit.

"Zijn dat...?"

"Yep, je favoriete muffins." Tyler kwam overeind en bood me er een aan. "Je weet dat een relatie met een agent niet persé betekent dat je zelf geweld mag gebruiken?"

Ik pakte een nog warme muffin uit de zak. "Ik weet het, sorry... Ik, eh... Dit gebouw is soms een beetje griezelig nu ik nog de enige huurder ben hier." In het gebouw hadden vroeger ook advocaten, accountants en andere professionals gezeten. Ons bijna-spookdorp had ooit betere tijden gekend en was nu nagenoeg failliet. De meeste mensen gingen voor boodschappen en andere zaken naar Shady Creek, een uur rijden hier vandaan. Dat is waar de meesten ook op deze vrijdagmiddag waren.

Tyler bukte en kuste me. "Ik weet wel dat je een deadline hebt en zo, maar je lijkt een beetje gespannen. Je kent iedereen in het dorp, dus waar ben je zo bang voor?"

Ik kon me niet langer inhouden en nam een hap van de muffin. "Nergens voor, denk ik. Maar ik heb gewoon een vreemd voorgevoel. Ik weet het niet. Misschien heb ik wel te veel koffie op, of iets dergelijks."

"Wie weet," lachte Tyler. "Hoe dan ook, ik vroeg me af of je vanavond al iets te doen had."

"Nou... ik zie jou toch? Waarom vraag je dat? We zijn altijd samen op vrijdagavond." Al meer dan een jaar waren we bijna ieder weekend samen, zonder het echt af te spreken. Het was een soort afspraak geworden. Dacht ik tenminste. Dus waarom moest hij het nu ineens vragen?

"Nou ja, het is meer dat... Vanavond is een speciale avond. Dus geen andere afleidingen, geen laptop, zoiets. Lukt dat denk je?"

"Tuurlijk. Hoe laat?" Ik voelde de enorme druk van mijn deadline en daarna was er vast nog allerlei ellende die me te wachten stond in de gezellige B&B van mijn familie. En ik had ook mijn buurman beloofd om hem te helpen met het wijnfestival…

"Is acht uur goed? Ik moet nog even iets afronden."

"Perfect." Ik zou veel te weinig tijd hebben, maar het moest lukken. "Wat gaan we doen?"

"Dat is nog een verrassing," zei Tyler. "Ik hoop dat je het leuk vindt."

* * *

DE REST VAN DE MIDDAG KON IK AAN NIETS ANDERS MEER DENKEN DAN AAN TYLERS VERRASSING. Gelukkig had ik hem niet doodgemept met de bezem.

Het lukte me om mijn artikel af te maken en om vier uur was ik klaar.

Ik stapte naar buiten in Main Street, waar helemaal niemand te zien was. Een paar auto's stonden geparkeerd in wat we in Westwick Corners het centrum noemden.

Ik stopte de laatste kranteneditie van de *Westwick Corners Weekly* onder mijn arm en zette mijn kraag op tegen de koude wind. Het was ongebruikelijk koud voor oktober en terwijl ik naar mijn auto liep werden de afgevallen bladeren door de wind langs mijn voeten geblazen. Tyler had gelijk: in Westwick Corners was het veilig. Aan de andere kant zou ik het prettiger gevonden hebben als er meer mensen op straat waren geweest.

Mijn gedachten dreven af naar mijn artikel over het Westwick Corners Wijnfestival, dat dit weekend zou plaatsvinden. De editie rond het jaarlijkse festival was belangrijk voor me, want in de aanloop naar het festival kochten de wijnverkopers altijd meer advertenties, wat mij de broodnodige extra dollars opleverde.

Een aantal jaar geleden had ik de kleine lokale krant overgenomen van de eigenaar die met pensioen ging, zodat ik een baan had in het dorp waar ik woonde. Als het enige personeelslid deed ik alles zelf, van reportages, fotografie en adverteren, tot aan de verspreiding. Het betaalde net genoeg om van te kunnen leven, maar het was ook een van de weinige manieren om geld te kunnen verdienen in dit pittoreske dorp, dat na jaren van verwaarlozing weer een beetje op begon te krabbelen.

Ook dacht ik na over Tylers verrassing. Er zijn niet heel veel mogelijkheden waarmee een man zijn vriendin zou kunnen verrassen. Wat zou het kunnen zijn? Een aanzoek? Ik had het altijd een beetje vreemd gevonden dat het de man moest zijn die bepaalde waar en hoe dat aanzoek zou gebeuren. Tegelijkertijd was ik helemaal blij, want ik wist al een tijdje dat ik de rest van mijn leven met hem wilde delen.

Een paar gebouwen verder stond mijn eenzame Honda CRV geparkeerd. Ik viste de sleutels uit mijn zak en opende het portier. Ondanks dat ik eigenlijk rechtstreeks naar huis had willen rijden om daar lekker bij de open haard van de Westwick Corners Inn van mijn familie te gaan zitten, moest dat nog even wachten. Ik had eerder beloofd dat ik vandaag ook een buurman zou helpen.

Antonio Lombard was een tweede generatie wijnboer en hij had het moeilijk. Zijn problemen waren boven water gekomen toen ik hem interviewde voor onze lokale krant. Het wijnfestival trekt altijd veel wijnproducenten uit de hele staat, inclusief een aantal lokale wijnboeren. En zoals ieder jaar schrijf ik in de aanloop naar het wijnfestival een aantal artikelen over lokale wijnhuizen, hun laatste wijnsoorten en over de wijnboeren zelf.

Bij het interviewen van iedere deelnemer kom ik meer te weten over hun wijn, maar het gesprek gaat ook vaak over roddels over de wedstrijd en de meeste daarvan komen in de krant. De dorpelingen smullen van die verhalen en zij vinden die sappige roddels (en er zijn er genoeg) leuker dan de verhalen over de wijn zelf.

De deelnemers strijden om een aantal prijzen en er staat veel op het spel. De overwinning betekent meer dan alleen de prijs. Het betekent ook hogere verkoopcijfers, meer publiciteit en meer naamsbekendheid. De beste wijnen trekken ook de aandacht van de regionale en nationale wijnkopers, zodat de verkoop en winst enorm kunnen stijgen. Het komt erop neer dat het succes van de onderneming ervan af kan hangen.

Maar Antonio Lombard leek diep in de problemen te zitten. Samen met zijn broer Jose leidt hij Lombard Wines, in dezelfde straat waar ik woon met mijn familie, die uit parttime heksen en B&B-eigenaren bestaat. Ook wij bezitten een nog vrij nieuwe wijnboerderij, geleid door Mam, na een aantal jaar opleiding en toezicht van Antonio. Dus dat ik hem nu een handje help is niet zo maar wat burenhulp, het is ook omdat we hem heel veel zijn verschuldigd.

Je zou denken dat, omdat ik een heks ben, ik gewoon simpelweg Antonio's problemen weg zou kunnen toveren, maar de regels over inmenging in de levens van andere mensen zijn heel erg streng. En ik ben iemand van de regels. Ik lieg niet, bedrieg niet en tover niet maar wat raak. Oké, ik geef toe dat ik soms wat smokkel met mijn diëten, maar als het om tovenarij gaat volg ik altijd de regels van de WICCA, de *Witches International Community Craft Association,* tot op de laatste letter. Het breken van de WICCA-regels zou me mijn toververgunning kosten. En ik zou nooit riskeren om iets kwijt te raken waar ik zo veel moeite voor heb moeten doen.

Terwijl ik achter het stuur mijn gordel om deed, vroeg ik me af of mijn hulp voor Antonio niet al te laat zou komen. Toen ik hem gisteren interviewde was alles zo'n enorme chaos geweest. Antonio was nogal verward overgekomen en dat terwijl ik hem al zo vaak had geïnterviewd dat hij het nog in zijn slaap had gekund. Op de wijnmakerij heerste complete wanorde, met overal lege dozen en kratten. En wat nog het ergste was: de wijn voor het wijnfestival morgen was nog niet eens gebotteld! Dat mijn buurman diep in de problemen zat, was overduidelijk.

Ondanks dat was het me gelukt om mijn artikel over Lombard Wines te schrijven door wat zinnen en foto's uit het artikel van vorig jaar over te nemen. Ik veranderde wat details en bleef expres een beetje vaag over de laatste ontwikkelingen bij de wijnmakerij en de wijnen die dit jaar mee zouden doen met de wedstrijd.

De realiteit was dat er helemaal *niets* gebeurde, want Antonio zat vast in een soort mentale verlamming.

Aangezien ik zelf de interviewer, editor en uitgever ben van mijn eenmanskrant, kon ik de feiten wel een beetje verdraaien. Bovendien, zoals tante Pearl graag zegt: er is toch niemand die mijn krant leest. Iedereen wil alleen de kortingsbonnen hebben.

Toch moest ik iets doen om Antonio te helpen. Hopelijk kon ik genoeg wijn redden zodat Lombard Wines in ieder geval iets kon laten zien op het festival. Ik stak net mijn autosleutel in het contact toen mijn schouders van achteren door een stel koude handen werden vastgegrepen.

HOOFDSTUK 2

"*H*elp!" wilde ik schreeuwen, maar er klonk alleen maar wat gepiep.

In deze verlaten straat zou niemand me horen. Werd ik beroofd van mijn auto, wilde iemand me ontvoeren, of allebei? Ik had me in Westwick Corners altijd veilig gevoeld.

Tot nu toe.

"Houd je mond en ga rijden," fluisterde de stem. De greep om mijn keel verslapte een beetje.

Vanwege het gefluister was het lastig te zeggen, maar de stem had wel iets bekends. Mijn handen trilden, maar het lukte me toch om de pook in de eerste versnelling te zetten. Mijn voet hield ik op de rem, terwijl ik mijn hersens pijnigde over hoe ik uit deze situatie kon ontsnappen.

Moest ik proberen mijn aanvaller te overmeesteren? Of op de claxon drukken? Ik was nog nooit eerder gegijzeld. Ik probeerde wat tijd te rekken, terwijl ik snel nadacht.

"Kom op nou, Cendrine! Hoe lang duurt het nog voordat je gas gaat geven?"

Ik slaakte een zucht van verlichting en trok de benige vingers van mijn keel af. Tante Pearl noemde me alleen maar bij mijn volledige naam als ze boos op me was. Ik had geen idee wat ik nu weer had misdaan.

Niks waarschijnlijk.

"Hoe ben je mijn auto ingekomen?" vroeg ik.

"Dat is toch geen verrassing? Ik ben tenslotte een heks. En jij bent laat, zoals gewoonlijk. Mijn kont is bevroren, zo lang zit ik al op je te wachten. Waar bleef je nou?"

"Ik moest nog wat werk afmaken. Maar we hadden toch niets afgesproken, of wel? Waarom heb je ingebroken in mijn auto? Ik hoop maar dat er niks stuk..."

"Onderbreek me niet steeds, Cen. We moeten aan het werk en dat gaat allemaal niet vanzelf."

"Ik weet niet waar je het over hebt, tante Pearl. Ik heb al andere plannen."

"Toch niet met je sheriff-vriendje, of wel? Je weet best dat hij niet meer aan het werk is, zoals hij beweert, of niet?"

"Stop met stoken. Het is jammer voor je dat je hem niet mag, maar hij blijft."

"Oh, maar ik weet wel waar hij zit, Cen." Tante Pearl hield een vinger tegen haar lippen. "Vraag maar niks, want ik mag toch niks zeggen. Ik heb gezworen dat ik het geheim houd."

Ik gunde het haar niet, dus ik vroeg niks. "Hoe dan ook, ik ben op weg naar Lombard Wines om Antonio te helpen met het bottelen van de wijn voor morgen."

"Doe nu niet net alsof het redden van Antonio jouw idee was. Je weet heus wel dat ik daarom hier ben."

"Hè? Nee hoor, dat wist ik niet."

"Jij wil altijd zelf met de eer strijken. Nou, rijden met die rammelbak!"

Tante Pearl zat inmiddels naast me in de passagiersstoel en zag er in haar gewatteerde jas groter uit dan normaal. Eronder droeg ze haar paarsfluwelen trainingspak en aan haar voeten droeg ze hardloopschoenen. Ze staarde voor zich uit.

Ik had helemaal niet gezien dat ze naast me was geklommen, dus ik vermoedde dat ze een toverspreuk tegen me had gebruikt. Dat was een regelrechte schending van de WICCA-regels, maar daar had tante Pearl maling aan.

Ik wist ook zeker dat het mijn idee was geweest om Antonio te gaan helpen, maar ik vond het niet de moeite waard om ruzie over te maken.

Ik zuchtte. "Het is helemaal niet zo dat ik altijd met de eer wil strijken, tante Pearl. Ik ben blij dat we samen Antonio kunnen helpen, daardoor zijn we ook sneller klaar."

* * *

TIEN MINUTEN LATER WAREN WE BIJ LOMBARD WINES, terwijl we half dood vroren in het enorme spelonkachtige gebouw dat zowel dienst deed als proeflokaal als complete wijnmakerij. De verwarming stond uit en het was er zo koud dat ik de damp van mijn adem kon zien.

De wijnmakerij was in een nog slechtere staat dan gisteren. Verspreid over het hele proeflokaal lagen omgegooide vaten en lege kartonnen wijnverpakkingen. Sommige gangen, die leidden naar de grote roestvrij stalen wijnvaten, waren helemaal geblokkeerd. De gladde betonvloer was besmeurd met modderige voetstappen. Er waren voetstappen zichtbaar vanaf de ingang tot aan de achterzijde van het gebouw, waar een trap afdaalde naar de wijnkelder

Het was één grote chaos en helemaal het tegenovergestelde van de anders zo smetteloze wijnmakerij.

Ik rilde. Het leek hier binnen in de wijnmakerij zelfs kouder dan buiten. Antonio had waarschijnlijk de verwarming uitgezet om geld te besparen.

De lampen brandden nog, dus de elektriciteit was nog niet afgesloten. Ik vermoedde dat dat niet lang meer zou duren.

Antonio Lombard zat met zijn rug naar ons toe op een kruk aan de bar waar de wijnproeverijen plaatsvonden. Zijn schouders hingen omlaag en hij steunde met zijn ellebogen op de bar.

"Antonio! Kom van je kont af!" De stem van tante Pearl echode in de enorme ruimte.

Antonio schoot overeind en draaide zich geschrokken om. "Wat willen jullie?"

Hij was ongeschoren en zijn haar leek wel in één nacht grijs te zijn geworden. In plaats van zijn gebruikelijke poloshirt en chino, droeg hij nu een oud wit T-shirt dat vol zat met wijnvlekken en een vale spijkerbroek vol scheuren en rafels. Hij had zijn nette schoenen verruild voor slippers. Eigenlijk zag hij er net zo verwaarloosd uit als de wijnmakerij. Zo had ik hem nog nooit gezien.

"Eh, we zouden toch helpen met bottelen van de wijn?" Gezien de staat van de wijnmakerij, was hij dat blijkbaar helemaal vergeten. "Wat kunnen we voor je doen?"

Tante Pearl tikte ongeduldig met een voet op de grond. "Ik heb niet de hele dag de tijd, Antonio. Wil je dat we je helpen of niet?"

Antonio hoorde haar niet, of hij deed alsof hij haar niet hoorde. Dromerig staarde hij in de verte.

"Dit is belachelijk! Jij sleept me helemaal hierheen en hij negeert ons volkomen." Tante Pearl verloor haar geduld. "Tijd is geld, Cen."

"Ik heb je hier helemaal niet naartoe gesleept; jij bent zelf in mijn auto gaan zitten, weet je nog?" Ik had al spijt dat ik haar had meegenomen. "Kunnen we ons even met Antonio bezighouden in plaats van ruzie te maken?"

"Jij moet ook altijd het laatste woord hebben," mokte tante Pearl.

Ik hield een vinger tegen mijn lippen en zei zachtjes: "Antonio is zichzelf niet meer, tante Pearl. Zo ken ik hem helemaal niet. Hij is ergens door afgeleid, of depressief, of… ik weet het niet. Er klopt iets niet en ik kan er mijn vinger niet goed op leggen."

Tante Pearl lachte. "Er klopt iets niet? Scherp zeg! Heb je nu pas door dat Antonio compleet gek geworden is?"

We wachtten maar liefst een uur lang om te zien of Antonio iets uit zijn handen kreeg, maar hij had zijn aandacht er niet bij. Hij schonk een wijnmonster uit een van de grote roestvrijstalen vaten in een glas, maar zette het vervolgens ergens neer zonder het te proeven. Zijn lippen bewogen, maar er kwam geen geluid uit zijn mond. Van de vaten rende hij naar het gebied waar de flessen werden gevuld, maar keerde dan plotseling om, alsof hij iets was vergeten. Hij ging de trap af naar de kelder en kwam een paar minuten later weer met lege handen terug, en daarna begon alles weer van voren af aan.

Ik wilde hem graag helpen, maar zo ging het niet. Hij had zo hard gewerkt om het Lombard Wines familiebedrijf de laatste jaren in bedrijf te houden, maar hij had altijd pech. Nu leek hij volkomen van slag en zat hij vast in een rare cyclus.

Ook wij waren in de war. Ik ben dan wel een heks, maar geen psycholoog. Ik wilde hem graag helpen, maar had geen idee wat ik hiermee aan moest.

De hoge stem van tante Pearl doorbrak de stilte: "Antonio, doe niet zo idioot! Wat is er in vredesnaam mis met je? Verman je een beetje!"

Antonio greep met beide handen zijn hoofd vast en probeerde zijn oren te bedekken alsof hij de stem van tante Pearl niet wilde horen. Zachtjes schudde hij zijn hoofd heen en weer, terwijl hij onhoorbaar 'nee' zei tegen een of andere onzichtbare vijand. "Ik probeer na te denken, maar... het... het is allemaal zo'n chaos..."

Tante Pearl stampte naar Antonio toe voordat ik haar tegen kon houden.

Ze keek hem aan en legde haar benige handen op zijn armen. Toen schudde ze hem door elkaar en schreeuwde tegen hem: "Hé! Wakker worden!"

Ik rende naar hen toe om te proberen haar tegen te houden. "Ik denk niet dat..."

"Bemoei je er niet mee, Cendrine," gromde tante Pearl. "Ik weet heus wel wat ik doe."

Tante Pearl kon nu elk moment een driftbui krijgen en Antonio had al zoveel te verduren. Eigenlijk hadden we maar één taak en dat was om zijn wijn op tijd voor het festival gebotteld te krijgen.

Op het allerlaatste moment pas de flessen met wijn vullen was niet ideaal, maar wel het enige wat we nu nog konden doen. Maar zonder flessen, kurken of labels zou het, zelfs voor een heks, onmogelijk zijn om alles voor elkaar te krijgen. Theoretisch zou ik alles tevoorschijn kunnen toveren, maar het was strikt verboden om hekserij toe te passen om er geld mee te verdienen, ook al was dat voor iemand anders bedoeld.

Lombard Wines bestond al eeuwenlang in Westwick Corners. Daar leek een eind aan te komen nu Antonio instortte. Ik vreesde dat zijn wijnmakerij op de fles zou gaan.

Ik had geen idee wat voor problemen Antonio nu precies had. De druivenoogst was dit jaar uitstekend geweest. Antonio was een geweldige wijnboer, dus er had al veel werk gedaan moeten zijn zoals het kneuzen van de druiven, en het fermenteren en zeven van het sap in de grote vaten. Maar voordat dat kon plaatsvinden, had de wijn van vorig jaar eerst uit de vaten gehaald moeten worden en vervolgens gebotteld in de flessen. Daar was hij nog niet eens mee begonnen en dat was bovendien de wijn die we nodig hadden voor het wijnfestival.

De Lombard-wijn zou niet uit zichzelf in de flessen terechtkomen. De toekomst van Antonio hing helemaal af van een goed resultaat op het jaarlijkse Westwick Corners Wijnfestival. Ook was het niet onbelangrijk dat tante Pearl zijn armen losliet, die al wit werden omdat zijn bloedtoevoer werd afgeklemd.

Antonio zag er gepijnigd uit, maar gaf geen krimp. Hij wist dat als hij ook maar iets van zwakte zou laten zien, tante Pearl hem alleen maar meer pijn zou doen. Ook al paste mijn 45 kilo wegende tante twee keer in hem, hij was net als iedereen doodsbang voor haar.

"Tante Pearl! Je doet Antonio pijn!" Ik kwam naar hen toe en trok rustig de handen van tante Pearl los. Ik had haar beter mijn auto uit kunnen zetten, nadat ze mij had geprobeerd te wurgen. Behalve dat ze me bijna een hartaanval had bezorgd, vertraagde ze ook de hele boel. Ik twijfelde er niet aan dat ze zo haar eigen redenen had om hier te zijn.

Ik bleef rustig. "We lossen dit met z'n allen op. Maar één ding tegelijk. Waar zijn de flessen?"

Antonio zuchtte en zakte in een stoel. Hij wees naar een stapel dozen achter de tafel waar tante Pearl en ik hadden gestaan. "Daar."

Tante Pearl trok de dozen naar zich toe en bekeek ze een voor een. "Geen fles te zien, Antonio. Deze dozen zijn allemaal leeg."

Antonio fronste. "Dat is raar. Het lijkt wel alsof alle flessen op mysterieuze wijze zijn verdwenen."

"Je hebt ons gesmeekt om je te komen helpen, maar je hebt niet eens even gecheckt of je alles wel hebt?" Tante Pearl gooide haar armen omhoog. "Die flessen zijn niet uit zichzelf verdwenen hè. Geef het maar toe, Tony. Je bent gewoon vergeten om ze te bestellen."

Antonio haatte het om Tony genoemd te worden. Tante Pearl was hem expres aan het opjutten.

"Misschien zijn er in de kelder nog flessen," zei hij.

"Goed, ik kijk wel even." Tante Pearl liep naar de trap naar de wijnkelder.

Antonio stond op uit zijn stoel. "Ik doe het zelf wel. Jij kunt er niet in. De kelder heeft een biometrisch slot dat alleen geopend kan worden met mijn vingerafdruk."

"Oooh, wat modern!" spotte tante Pearl. "Heb je daar je geld aan uitgegeven in plaats van aan de flessen?"

Antonio negeerde haar en liep naar de achterzijde van de ruimte, waar een ijzeren spiraaltrap naar de wijnkelder leidde.

"Dit moet ik zien." Ik volgde tante Pearl de trap af naar een kleine overloop met een zware stalen deur. Voor de deur stond een enorm eiken vat, waardoor er alleen maar plaats was voor Antonio. Tante Pearl en ik gingen op de onderste traptreden zitten, terwijl Antonio de deur opende.

Net boven de deurklink zat een modern uitziend slot, met cijfertoetsen en een glazen scherm. Het zag er nieuw uit; ik kon me ook niet herinneren dat ik het eerder gezien had. De laatste keer dat ik in de wijnkelder geweest was, was een jaar geleden.

Antonio drukte op wat toetsen en legde toen zijn wijsvinger op het glas. Het slot klikte open. Antonio deed de klink naar beneden en opende de deur.

"Ik moet eerst een code intoetsen. Daarna leest de biometrische scanner mijn vingerafdruk. Eigenlijk moet het scherm groen worden, maar het lampje werkt niet," verklaarde hij. Hij stapte de grote kelder binnen en gebaarde ons om hem te volgen.

Tante Pearl stopte even bij de deur om naar het slot te kijken. "Is het nu al stuk?"

"Maandag komt er een monteur om het lampje te vervangen. Het slot werkt verder prima, het is alleen het lampje. Is het niet geweldig?

De deur gaat alleen open met de code én de vingerafdruk. Het is heel erg inbraakbestendig."

"Zulke beveiligingsmaatregelen heb je toch niet nodig in Westwick Corners?" zei ik.

"Daar ben ik niet zo zeker van, Cen. Ik ben de laatste tijd allerlei spullen kwijtgeraakt. Kleine dingen, zoals een fles wijn hier of daar, en soms ook wat gereedschap. Het voelt gewoon beter om de wijn achter slot en grendel te hebben. Dit slot is onmogelijk te kraken."

Tante Pearl fronste haar wenkbrauwen. "Ha, denk je dat? Ik weet zeker dat ik het open kan krijgen. Geef mij de handleiding en ik heb die code in no-time gekraakt. Ik ben enorm technisch, Antonio. Waarschijnlijk heb ik dat lampje ook binnen een vloek en een zucht gefikst. Als ik niet al met pensioen was, zou ik zo ingehuurd kunnen worden als professioneel hacker. Bedrijven zouden me goud geld betalen om alle zwakke punten van hun systemen bloot te leggen."

Antonio lachte. "Sorry, Pearl, ik ben de handleiding kwijt. Ik hoop dat ik van de monteur een nieuwe krijg als hij komt."

"Focus, tante Pearl," fluisterde ik. "We hebben geen tijd voor dit soort afleidingen, of voor hekserij."

Tante Pearl fronste. "Ik doe met mijn tijd wat ik zelf wil. Oh, en nog iets: ik laat me niet commanderen door berginnerheksen!"

Antonio hoorde ons gelukkig niet. Hij zat een paar meter verderop geknield naast een wijndoos de opdruk te bestuderen.

In de wijnkelder was het koel, vochtig en muf. Deze was nage-bouwd naar het model van een Franse wijnkelder, compleet met gebogen stenen muren en een grotachtige atmosfeer. De kelder zag eruit alsof hij antiek was, maar hij was nog maar een paar jaar oud. De ondergrondse kelder was in dezelfde tijd uitgegraven en gebouwd als de wijnmakerij. Het moet veel geld gekost hebben om ze te bouwen, toch zeker de opbrengst van een aantal jaren. Waarschijnlijk zijn toen ook de financiële problemen voor Lombard Wines begon-nen. Het bedrijf van de familie Lombard leverde simpelweg niet genoeg op om zo'n enorm gebouw te kunnen betalen. Tegen de vijf-tien meter lange muren stonden stellingen van de vloer tot het plafond waar de eiken wijnvaten in lagen om de wijn te kunnen laten rijpen. Vorig jaar waren ze gevuld geweest. Dit jaar waren ze voornamelijk leeg.

"Superhandig," zei tante Pearl smalend, terwijl ze naar de lege rekken in de kelder keek. "Er is hier alleen niks van waarde meer om achter slot en grendel te bewaren."

"Er zijn zelfs niet eens lege flessen hier, die we nodig hebben om de wijn te bottelen." De moed zakte me in de schoenen, terwijl ik om me heen keek. "Waar zijn ze, Antonio?"

Hij haalde zijn schouders op. "Zoals ik al zei, er verdwijnt hier van alles de laatste tijd."

Ik pakte mijn telefoon om Mam te bellen, maar binnen in de wijnkelder was geen ontvangst. Ik ging terug naar boven en belde haar om het probleem uit te leggen.

"Wat Antonio ook nodig heeft, hij kan het wel van ons krijgen," zei Mam. "Ik heb dozen en dozen vol met extra flessen. Als Antonio er een paar jaar geleden niet was geweest om te helpen om ons bedrijf op te zetten, had ik zelf niet eens een wijnmakerij gehad. Zeg hem maar dat hij kan krijgen wat hij nodig heeft."

"Bedankt Mam, ik kom er direct aan."

"Nee!"

Nu was ik even in de war. "Hè? Hoezo kan ik niet…"

Aan de andere kant van de lijn bleef het kort stil. "Nu komt het niet goed uit, Cen. I-ik vertel het je later wel, maar je kunt nu niet naar huis komen. Stuur Pearl maar."

"Oké, maar…"

Maar Mam had al opgehangen. Ze gedroeg zich nogal vreemd en ik had geen idee waarom.

Verbeeldde ik het me, of was het hele dorp gek aan het worden?

HOOFDSTUK 3

Ieder jaar opnieuw was Antonio de eerste geweest die zijn wijn bottelde. Hij was altijd zo met details bezig dat het bijna grensde aan een dwangneurose en zijn wijnboerderij zag er altijd smetteloos uit. Als alles normaal was ten minste. Dat was het nu zeker niet.

Er wonen maar een paar honderd mensen in Westwick Corners, dus als een buur hulp nodig heeft, dan merk je dat wel. Iedereen helpt elkaar belangeloos, maar toch ook uit eigen belang. Belangeloos, omdat in een klein dorp iedereen op elkaar rekent. Eigenbelang, want als er iets of iemand instort, heeft dat invloed op het hele dorp. Zonder succesvolle bedrijven zou ons dorp al snel niet meer bestaan. Dus de problemen van onze buren worden die van ons, en vice versa.

Ik was weer afgedaald naar de wijnkelder, maar mijn goede stemming sloeg snel om bij het zien van een wankelende Antonio.

"Ik voel me niet goed." Antonio hield zichzelf vast aan een wijnvat. "Ik ben duizelig. Misschien heb ik te hard gewerkt."

"Je hebt helemaal niet gewerkt, volgens mij," schamperde tante Pearl.

Ik keek haar even strak aan voordat ik me tot Antonio richtte.

"Ik denk dat het door de ventilatie komt," zei ik. "De lucht is hier

17

een beetje muf. Kom, we gaan terug naar boven." Ik gaf tante Pearl een teken dat ze eerst moest gaan. Ik liep achter haar aan en wachtte halverwege de trap op Antonio, die de kelderdeur moest afsluiten. De deur maakte een zoemgeluid toen het automatische slot dichtviel. Antonio controleerde de deurklink nog een keer en kwam achter ons aan.

Terwijl ik naar boven klom, bedacht ik hoe overdreven zijn veiligheidsmaatregelen waren. We gingen ten slotte alleen maar naar boven en waren nog niet van plan het gebouw te verlaten.

Eenmaal boven, hielp ik Antonio naar een kruk bij de bar van de wijnproeverij en gebaarde dat hij moest gaan zitten. "Het gaat wel lukken. Je mag flessen van Mam lenen."

Antonio knikte. "Oké, dat kunnen we misschien proberen."

Tante Pearl schraapte haar keel. Ze stond naast het wijnvat waar Antonio eerder mee bezig was geweest en hield haar wijnglas tegen het licht. "Ahem... Deze bocht kun je echt niet in een fles stoppen. Wat drijft er voor troep in? Het lijkt wel rioolwater!"

Daar had tante Pearl wel een punt. De wijn in de vaten zou al helemaal klaar moeten zijn: gefermenteerd, gerijpt en gefilterd, behalve gebotteld. Wijn die nog niet helemaal klaar is, bijvoorbeeld nog ongefilterd en ongerijpt, zou hier niet in een vat moeten staan. Dit konden we zeker niet meenemen naar het wijnfestival. Had Antonio nu echt zijn verstand verloren?

De Antonio die ik kende zou hierdoor helemaal door het lint zijn gegaan. In plaats daarvan schoof hij een beetje heen en weer op zijn kruk en wees ergens naar. Met zwakke stem zei hij: "Nee, die niet, die is nog niet klaar. Je moet het vat ernaast hebben, de meritage."

"De meritage? Weet je dat zeker?" Ik hield wel van de Lombard meritage, maar onder de festivalgangers was hij niet zo populair. Antonio's melange van bordeauxachtige wijnen bestond uit cabernet sauvignon, merlot, cabernet franc, petit verdot en malbec. Meritage was niet erg bekend en de meeste mensen prefereerden ook de wat vollere dieprode wijnen. Antonio zou met deze keuze zichzelf de das omdoen. Zijn meritage zou nauwelijks verkopen en dat wist hij. "Je syrah is de allerbeste en ook je cabernet sauvignon doet het altijd prima. Waarom doen we niet een van die?"

Antonio dacht na. "Ik kan me vaag herinneren dat ik al wat cabernet heb gebotteld, maar waar is die gebleven?"

"Wat is dit toch voor een bende? Hou je dan helemaal geen aantekeningen bij?" mopperde tante Pearl. "vaag herinneren, pfff!"

"Ik kan hem vast wel vinden." Ik keek het grote pakhuis rond en bleef staan bij de rekken met de Lombard wijnvaten. Normaal gesproken waren de rekken tjokvol en waren de met wijn gevulde eiken vaten perfect uitgelijnd. Op ieder vat zou een label zitten met daarop de wijnsoort vermeld en het logo van Lombard Wines. Antonio had de wijnen altijd per sectie gesorteerd: merlot, meritage, cabernet sauvignon, pinot noir en de syrah, met de oudste wijnen op de onderste planken, zodat hij er makkelijker bij kon.

Maar nu waren de rekken nagenoeg leeg en lagen er alleen wat vaten slordig op de onderste twee planken. De bovenste drie planken waren helemaal leeg. Blijkbaar was er al een hele tijd geen nieuwe wijn meer geproduceerd. Ik bekeek de labels wat beter en hield mijn adem in: pinot noir, syrah, meritage... ze lagen niet eens op alfabet!

Maar aan deze vaten hadden we niets, want deze wijn moest nog rijpen en was nog niet klaar om gebotteld te worden. Ik moest en zou een wijn vinden waarmee we wel de flessen konden vullen.

Ik keek even naar Antonio toen ik achter de bar een wijnglas pakte. Hij staarde in het niets en merkte me niet eens op. Ik liep naar de andere kant van de wijnmakerij, passeerde de ingang van de wijnkelder en nam mijn glas mee naar de grote aluminium tanks waar de wijn in zat die gebotteld moest worden. Als ik de wijn uit iedere tank moest proeven om iets smakelijks te vinden, dan moest dat maar. Er zat niets anders op.

Ik begon bij het eerste vat en hield mijn glas onder het kraantje. Dit was een cabernet sauvignon. Ik draaide aan de kraan en wachtte tot de wijn zou gaan stromen.

Niks.

Er kwam nog geen druppel uit. Het vat was helemaal leeg.

Ik probeerde de volgende. Ook hier geen wijn. Net als bij alle andere vaten uit deze rij. Geen cabernet sauvignon, geen cabernet franc, niks geen caber-wat dan ook. Nu begon ik pas echt ongerust te worden, ook al ging het niet om mezelf. Ik had altijd veel waardering gehad voor Antonio omdat hij de afgelopen jaren zo hard had gewerkt om de wijnboerderij zo succesvol te maken. Maar blijkbaar was er nu al heel lang geen nieuwe wijn gemaakt. Ik voelde me een beetje schuldig.

Waarom was me dit niet eerder opgevallen?

De wijnmakerij zag er fantastisch uit, maar er was geen wijn!

Ik wilde het al bijna opgeven toen ik de kraan van het allerlaatste vat opendraaide. Tot mijn grote verrassing spoot de rode wijn eruit en stroomde bijna over de rand van mijn glas. Vlug draaide ik de kraan weer dicht. Ik nam een grote slok en proefde een zachte volle rode wijn. Ik was geen expert, maar ik vermoedde dat dit een syrah was, en nog best een goede ook. Nu moesten we alleen nog genoeg flessen zien te vullen voor het wijnfestival. Maar de tank zat vol, dus waarschijnlijk was er meer dan genoeg.

Ik haalde even diep adem en probeerde rustig terug naar de bar te wandelen, tenslotte zou Antonio's toekomst hiervan afhangen. Mijn hand trilde toen ik het glas aan Antonio gaf. "Dit is toch een syrah, wat denk jij?"

Antonio hield het glas tegen het licht en bestudeerde het even voordat hij het aan zijn lippen zette en een grote teug nam. Hij slikte de wijn door en slaakte een tevreden zucht. "Aahh... de syrah uit 2016. Die is prima."

"Geweldig. Tante Pearl, ga naar huis om Mams flessen te halen." Ik gooide mijn autosleutels naar haar toe en was opgelucht dat Antonio weer wat bij zijn positieven leek te zijn gekomen.

"Ja, baas," mopperde tante Pearl. Ze salueerde naar me, maar vertrok toch.

Zo was ik even alleen met Antonio, zodat ik er hopelijk achter kon komen wat er allemaal aan de hand was. Dat kon alleen maar als tante Pearl zich er niet mee zou bemoeien.

Ik wachtte even totdat ik aan het knarsende grind hoorde dat tante Pearl de parkeerplaats af reed. Toen richtte ik me weer tot Antonio.

"Waar is Jose?" De jongere broer van Antonio was vaak op zaken-reis en was er nooit als er werk aan de winkel was. Hij deed de verkoop, marketing en de andere zaken die niets te maken hadden met de druiven of de wijn. Ik vermoedde dat hij dit soort werk deed zodat hij niet in de buurt van de wijnmakerij en zijn perfectionistische broer hoefde te zijn.

Maar aangezien er niet veel verkocht werd en zijn veelvuldige zakenreisjes ook niet veel opleverden, vermoedde ik ook dat de geruchten over zijn playboy lifestyle op waarheid berustten.

Antonio haalde zijn schouders op. "Als het goed is, is Jose nu bezig met het leveren van een hele vrachtlading wijnbestellingen aan onze klanten. Hij is niet erg betrouwbaar, maar het is het enige wat ik aan hem durf over te laten. Hij maakt alles kapot wat hij in zijn handen krijgt."

"Ik dacht dat hij zich bezighield met de verkoop," zei ik.

Antonio lachte. "Iets verkopen kan hij niet. Hij besteedt er ook niet veel tijd aan. Eigenlijk wil hij niets met het bedrijf te maken hebben en verwacht dat ik al het werk doe. Ik heb niets aan hem. Het liefst zou ik hem uitkopen."

"Dan doe je dat toch?" De broers waren elkaars tegenpolen. Jose was arrogant en lui. Antonio was bescheiden en ijverig. En meestal blij. Totaal anders dan hij nu was.

"Ik kan hem niet uitkopen, Cen. Er komt zo weinig geld binnen dat ik amper de rekeningen kan betalen. Ik zou Jose's deel nu niet kunnen ophoesten. Bovendien zou hij er toch niet mee akkoord gaan."

"Ik weet zeker dat het door het wijnfestival allemaal beter wordt." Ik betwijfelde het, maar ik wilde iets positiefs zeggen.

"Ik vrees van niet. Vorig jaar was echt dramatisch. Ik heb het eigenlijk al opgegeven." Antonio pakte lege Lombard Wines-dozen op en zette ze tegen de muur.

Ik keek naar de puinhoop om ons heen terwijl ik zocht naar antwoorden.

"Ik heb wel wat ideeën... maar laten we eerst hier de boel opruimen en zorgen dat we kunnen bottelen." Ik liep naar de botteltafel en inspecteerde het materiaal. In ieder geval was het hier leeg. Maar het was er ook stoffig, alsof alles maanden niet was gebruikt.

Net als onze familie woonde de familie van Antonio ook al generaties lang in Westwick Corners. De broers hadden Lombard Wines en de wijngaard geërfd toen hun ouders waren gestorven. De wijnmakerij stond bekend om zijn kwaliteitswijnen en al helemaal sinds Antonio de laatste paar jaar steeds beter was geworden in het produceren van wijn. Maar, ergens was er iets misgegaan en we moesten dat weer zien terug te draaien nu het nog kon.

Ik vond de kurken naast de flesafsluiter en zocht in de opslagruimte achter de botteltafel naar de bijbehorende labels en de aluminium capsules. In ieder geval lagen deze netjes en op alfabetische volgorde opgeslagen. Ik vond de zwart-zilveren labels voor de Lombard-syrah en legde ze naast de kurken.

"Misschien kun je wel een nieuwe partner vinden die Jose's deel wil betalen?" stelde ik voor.

Antonio schudde zijn hoofd. "Wie zou dit nu willen kopen? Het ligt heel erg afgelegen en het weer kan enorm wisselvallig zijn. Het lukt gewoon niet meer."

"Het zit nu gewoon even tegen, Antonio. Vroeger was je toch ook heel succesvol? Het gaat je wel weer lukken, te beginnen met het wijnfestival."

"Dat was voordat Desiree hier kwam wonen en begon met Verdant Valley Vineyards. Ze krijgt op het wijnfestival de beste kraam en probeert alle verkopers te beïnvloeden. Ze kraakt mijn wijn af, zodat die van haar beter lijkt. Ieder jaar pikt ze meer van ons marktaandeel in. De jury is helemaal op haar hand en zoals ieder jaar zal ze ook nu de eerste prijs wel weer winnen. Dus waarom zou ik eigenlijk moeite doen om mijn wijn mee te kunnen laten doen? Ik word weer boos nu ik er alleen maar aan denk."

"Je laat je door haar toch niet op je kop zitten? Dit jaar wordt het vast anders," loog ik. Desiree LeBlanc was meedogenloos en ze liet zich door niets en niemand tegenhouden om eerste te worden. Ze zou inderdaad wel weer winnen, maar Antonio had nu meer om zich zorgen over te maken dan of hij wel de winnende wijn van het jaar had. Hij stond op het punt om zijn hele bedrijf en dak boven zijn hoofd te verliezen, tenzij hij iets goeds liet zien op het festival waarmee hij de aandacht – en het geld - van de kopers zou trekken. Het festival duurde maar één dag, maar het leverde vaak al de helft van de jaarlijkse opbrengst op. De wijnkopers kwamen uit het hele land. Het Westwick Corners Wijnfestival was dan maar klein, maar was heel strategisch gepland na een aantal grote wijnshows in de staat Washington.

Er waren amper vijf minuten verstreken toen de deur open vloog en tante Pearl naar binnen stapte. In haar armen droeg ze twee dozen met wijnflessen. Haar hoofd ging helemaal schuil achter de dozen. Het enige wat ik nog kon zien was een mager lijf in een paarsfluwelen trainingspak.

"Dat heb je snel gedaan," zei Antonio verbaasd. "Had je vleugels of zo?"

Tante Pearl glimlachte. "Zoiets."

Ik keek haar aan. Ze was helemaal niet naar huis gegaan om Mams flessen te halen. Ze had gewoon zelf flessen tevoorschijn getoverd, net buiten de oprit van de wijnboerderij, waarschijnlijk ook nog eens in het zicht van iedereen. Het was een schaamteloos staaltje hekserij en bovendien tegen de regels van de WICCA.

Buiten adem van alle inspanning liep tante Pearl naar de botteltafel en zette de dozen op de vloer. Ze knikte naar de deur en het parkeerterrein buiten. "De rest staat in de auto. Hopelijk zijn het er genoeg."

"Niets zal genoeg zijn." Antonio streek met zijn hand door zijn verwarde peper en zoutkleurige haar terwijl we naar de auto liepen. "Als je het mij vraagt, is het al veel te laat om de wijnmakerij nog te kunnen redden."

"Nee, Antonio, dat is het niet. Probeer positief te denken. We krijgen alles wel weer op de rails." Ik opende de achterklep en gaf drie dozen aan Antonio. Zelf nam ik nog twee dozen mee en liep achter hem aan naar de wijnmakerij. Nadat we de dozen bij de lange botteltafel hadden neergezet, zei ik tegen hem: "Maak je geen zorgen, Antonio. Samen slepen we je er wel doorheen."

Samen. Dat herinnerde me aan Tyler en zijn verrassing. De enige andere keer dat hij zo geheimzinnig had gedaan, was toen hij me meegenomen had naar zijn geboortestad om me aan zijn moeder voor te stellen toen we net verkering hadden. Was hij soms een andere officiële date aan het plannen?

We hadden het nooit officieel over trouwen gehad, maar we wilden het allebei wel. Zou Tyler een aanzoek gaan doen? Ik zag meteen onze bruiloft voor me: een ceremonie in een kleine intieme tuin, gevolgd door een receptie...

Een hard geluid verstoorde mijn gedachten.

Tante Pearl klapte in haar handen en schreeuwde in mijn oor:

"Cen! Let even op! Dat er één persoon al helemaal van de wereld is, is tot daar aan toe, maar twee is me teveel. Dan kan ik weer al het werk in mijn eentje doen."

"Ik heb nooit gezegd dat je iets hoefde te doen. Ik had je trouwens niet eens meegevraagd."

"Nou, het is duidelijk dat je het zonder mijn hulp niet alleen kunt, en Antonio is niets meer waard. Je denkt toch niet dat Tyler je ten huwelijk gaat vragen, of wel? Als hij het doet, dan eet ik mijn sokken op."

"Dat denk ik helemaal niet." De leugen zorgde ervoor dat ik een rood hoofd kreeg.

"Ik weet Al-les," zong tante Pearl treiterend. "Hopelijk vinden we deze keer geen lijk op de trouwlocatie."

"Hoe... Nee!" Kon tante Pearl mijn gedachten lezen?

Tante Pearl snoof. "Natuurlijk kan ik je gedachten lezen, Cen. Waarom denk je anders dat ik in je auto zat te wachten? Je had niemand verteld dat je vandaag Antonio zou helpen. Ik wist dat je het er enorm druk mee had. En zoals gewoonlijk kan ik je weer uit de penarie helpen."

Alleen Oma Vi kon mijn gedachten lezen. En dat had ze pas gekund toen ze een geest was geworden. Ik had altijd aangenomen dat het een eigenschap van geesten was en niet van heksen. Ik hoopte maar dat tante Pearl zat te bluffen.

"Ooh, je moet nog veel leren, Cen. Je bent nog niet zo'n heel goede heks. En je weet wat ze zeggen: je weet niet wat je niet weet. Ik zag

Tyler met Ruby praten toen ik de flessen kwam ophalen. Misschien vraagt Tyler haar wel toestemming om...”

Mam was dol op Tyler, dus ze zou zeker ja zeggen. Maar ik geloofde niet dat Tyler dat zou vragen. Tenslotte leefden we in de 21^e eeuw. Ik was geen familiebezit dat weggegeven moest worden. Ik was zelf de enige die besliste met wie ik zou trouwen. Het kon niet anders dat Tante Pearl dit allemaal zat te verzinnen.

“Onthoud dit, Cen... Ik zie alles wat je denkt.” Tante Pearl pakte haar telefoon uit haar zak en scrolde langs wat foto’s. “Ah, hier heb ik het... Deze foto heb ik genomen van Tylers Jeep, die bij de B&B geparkeerd stond. De datum staat er op en hij is een kwartier geleden gemaakt.”

“Laat zien.” Ik griste de telefoon uit haar handen en inderdaad, het klopte. Het was inderdaad Tylers Jeep die voor de B&B geparkeerd stond. Was het een illusie, door tante Pearls toverkunsten gecreëerd? Nee, de foto moest wel echt zijn, want tante Pearl vond magisch foto-shoppen omslachtig en saai. Het was niet haar manier van hekserij. Speciale effecten en drama, dat was haar stijl. Als ze mij om de tuin wilde leiden met Tyler en een huwelijksaanzoek, dan zouden er zeker vuurwerk en ontploffingen bij zijn, en niet te vergeten een compleet andere bruidegom.

Tante Pearl grijnsde. “Wil je weten wat Tylers verrassing is? Ik kan ieders gedachten lezen, hè. Dus ook die van Tyler.”

Ik hield mijn handen voor mijn oren en schudde nee. “Nee. Ik wil het van Tyler zelf horen en niet van jou.” Als tante Pearl echt telepathisch was, dan had ik al lang heel veel sappige roddels over allerlei mensen gehoord, want tante Pearl kon geen enkel geheim bewaren. Ze blufte en ik trapte er niet in.

Nog maar een paar uurtjes en dan zou ik weten waar Tyler me mee wilde verrassen.

Hoe moeilijk kon het zijn om even geduld te hebben?

HOOFDSTUK 4

S amen met Tante Pearl en Antonio droeg ik de overgebleven dozen met flessen de wijnmakerij in en zette ze bij de botteltafel.

Antonio zuchtte. "Ik kan het echt niet langer, Cen. Wijn maken is echt een kunst. Het duurt heel lang voordat je een kwaliteitswijn geproduceerd hebt. Nu moet ik het opnemen tegen een stelletje nieuwkomers dat niet eens zijn eigen druiven teelt. De markt wordt tegenwoordig overspoeld met goedkope wijn."

Tante Pearl slaakte een lange zucht. "Het is een schande dat je het moet opnemen tegen zulke rommel. Ik heb je al eerder gezegd dat ik je best wil helpen."

Ik had mijn twijfels over haar aanbod, want haar hulp had altijd een prijs. Ik wilde niet dat iemand van Antonio zou profiteren. Hij had onze familie geholpen toen wij het moeilijk hadden en had zelfs Mam geholpen om haar eigen wijnmakerij op te zetten. Nu was Mams Witching Hour Red Merlot eindelijk goed genoeg om mee te doen op het Westwick Corners Wijnfestival van dit jaar. Hij was niet alleen goed genoeg, hij was fantastisch.

"Hoe denk je Antonio precies te gaan helpen?" vroeg ik aan tante Pearl.

"Geheim van de smid," antwoordde tante Pearl met een vinger aan haar lippen.

Hiermee hintte ze op hekserij en dat beviel me niet. Tegen Antonio zei ik: "De markt is zeker lastig nu, maar jouw wijnen zijn prachtig. Misschien heb je gewoon wat meer marketing nodig om je wijnen onder de aandacht te brengen?"

Antonio schudde zijn hoofd. "Jose zegt dat hij onze wijnen overal gepromoot heeft, maar dat niemand ze koopt omdat ze te duur zijn. Maar ze zijn de afgelopen vijf jaar niet duurder geworden, ook al zijn de kosten wel gestegen. Ik kan de wijn toch niet onder de kostprijs verkopen? En ik weiger om als compromis mindere kwaliteit te leveren."

"Dan moet het ergens anders aan liggen," zei tante Pearl. "Zelfs Ruby maakt winst en dat al na een paar jaar. Misschien gooi je wel..."

Ik onderbrak haar. "Mam maakt winst juist omdat Antonio haar helpt, tante Pearl. Hij weet echt wel wat hij doet."

Westwick Corners was dan wel niet hetzelfde als Napa of Sonoma, en het oosten van de staat Washington had ook niet bepaald hetzelfde cachet als de terroir van Californië.

Terroir is een Frans woord dat de eigenschappen van de omgeving beschrijft die elke wijn uniek maakt. Zonuren, regen, wind, bodem, oriëntatie van de druivenstruiken, hoogte; al deze factoren zijn van invloed op de essentie en het karakter van iedere wijn. Deze omstandigheden zijn bepalend voor wijn die uniek is voor een bepaalde regio en voor ieder groeiseizoen.

Westwick Corners ligt in een vallei met een rijke, vruchtbare leemgrond. De bergketen aan de oostkant houdt de regen en wolken tegen waardoor we droge, hete zomers hebben. De koele nachten zijn perfect voor fruitige, wat zuurdere wijnen zoals de cabernet sauvignon en volle rode wijnen zoals de merlot en de syrah.

De hete, droge zomers van Napa en Sonoma zorgen voor een optimaal klimaat voor chardonnay, cabernet sauvignon en pinot noir. In Westwick Corners kan dankzij de hete zomerdagen en de koele nachten ook heerlijke wijn worden geproduceerd. In Westwick Valley schijnt de zon maar liefst driehonderd dagen per jaar, veertig meer dan in het wat kleinere Napa Valley. Wij bevinden ons iets meer naar het noorden en Westwick Corners is veel minder bekend. Ook zijn onze wijnboerderijen voornamelijk kleine familiebedrijven. Dit zie je allemaal terug in onze prijzen.

De rode Witching Hour Dead Merlot van Mam verkocht heel goed, ondanks dat de naam geen belletje deed rinkelen. Waarom zat het Antonio, Mams mentor en inspirator voor onze wijnmakerij, nu ineens zo ontzettend tegen?

"Het kan echt niet alleen aan de prijs liggen. Het is nooit eerder voorgekomen dat je de hele voorraad niet verkocht kreeg." Ik wilde niet de vinger op de zere plek leggen, maar het was overduidelijk dat het op dit moment niet een kwestie was van te weinig vraag, maar wel dat er helemaal geen voorraad was. Antonio produceerde op dit moment helemaal geen wijn meer.

"Volgens Jose zijn we een te groot marktaandeel verloren en kunnen we dat niet meer inhalen. Hij wil de wijnmakerij verkopen voordat hij helemaal niets meer waard is. Al maanden zet hij me onder druk en daarom werkt hij ook niet meer mee. Hij laat me geen andere keus!"

De twee broers hadden ongeveer tien jaar geleden het familiebedrijf geërfd. Jose had net zo veel te zeggen over of ze de wijnmakerij moesten houden of verkopen, ook al deed Antonio het meeste werk.

Er moest toch een andere oplossing zijn. "Misschien kunnen we hem van gedachten laten veranderen?"

Antonio schudde zijn hoofd. "Onmogelijk."

"Zal ik Jose's aandeel kopen?" vroeg tante Pearl opgewekt. "Ik heb grootse plannen."

Ik stak afwerend mijn hand op. "Nu even niet, tante Pearl."

"Tjonge, Cen. Ik mag nooit iets zeggen van jou. En ik wil alleen maar helpen."

Buiten klonk een vrouwenstem, gevolgd door voetstappen. "Hoezo hebben jullie het over Jose? Hij is hier bijna nooit."

Een paar tellen later stapte Trina, Antonio's assistent, de wijnmakerij binnen. Ondanks de kou droeg ze een mouwloze jurk. Haar blozende gezicht werd omlijst door dikke blonde lokken die ontsnapt waren aan haar paardenstaart. Ze veegde met een mollige hand over haar voorhoofd; haar gezicht glom van het zweet. "Jose is er alleen maar op uit om het bedrijf ten gronde te richten. Ik heb nog nooit eerder gehoord dat iemand zijn eigen onderneming probeert te saboteren."

"Rustig maar, Trina," probeerde Antonio haar te kalmeren. "Ik heb al verteld dat Jose me onder druk zet om te verkopen."

Trina staarde Antonio vol bewondering aan. "Zonder jouw harde werk zou er niet eens een wijnmakerij zijn! Het zijn mijn zaken niet, maar ik zeg het toch. Je broer gedraagt zich arrogant en ondankbaar."

"Het zijn zeker ook jouw zaken, Trina. Je werkt hier al bijna net zo lang als ik en ik zou niet zonder je kunnen. Ik zou het je ook niet kwalijk nemen als je hier weg wilt. Je kunt een veel betere baan krijgen dan hier." Antonio wees in het rond.

Trina gooide haar handen de lucht in. "Wat zou ik anders moeten doen? Ik heb net zo veel hart voor de zaak als jij. Ik hou van deze plek."

Tante Pearl snoof en vloekte binnensmonds. "Hart voor de zaak... ha! Ze zit gewoon achter zijn geld aan!"

"Wat?" Trina fronste.

"Laat maar." Ik legde mijn arm om de benige schouder van tante Pearl en duwde haar buiten gehoorsafstand. "Dankzij Trina bestaat dit bedrijf nog. Ze is veel meer dan alleen een hardwerkende employee, ze geeft echt om de wijnmakerij en om Antonio."

"Pff! Ze speelt gewoon toneel! Dat verliefde bijdehandje is alleen maar uit op het Lombard fortuin. Het zou me niets verbazen als die golddigger de bruiloft al aan het plannen is!"

Ik rolde met mijn ogen. "Welk fortuin? Volgens Antonio is de wijnboerderij bijna failliet."

"Ik durf erom te wedden dat Trina de boel gesaboteerd heeft zodat zij hem kan redden. Ze wil hem gewoon voor zichzelf hebben." Er verscheen een duivels lachje om tante Pearls mond. "Hij is helemaal geobsedeerd van zijn wijn en Trina is helemaal geobsedeerd van hem. Geen wonder dat ze allebei nog single zijn."

"Tante Pearl, bemoei je niet..."

"Kijk dan toch, Cen. Ze doet alles voor hem en die arme Antonio heeft niets in de gaten."

"Trina is helemaal niet..."

"Misschien heb je wel gelijk," zei tante Pearl iets te enthousiast.

"Hoezo ben je het nu ineens met me eens?"

Tante Pearl lachte. "Eens moet de eerste keer zijn, Cen. Ik heb geprobeerd aan mezelf te werken, om wat vriendelijker te worden. Volgens Earl is het goed om alles van meerdere standpunten te bekijken."

"Earl heeft gelijk. Iedereen heeft recht op geluk, ook jij en Earl." In mijn ogen was de vriend van tante Pearl het beste wat haar ooit was overkomen. Op hun rijmende namen na, waren ze het schoolvoorbeeld van tegenpolen die elkaar aantrekken. Van zijn relaxte houding werd tante Pearl rustig en ze was wat prettiger geworden in de omgang. Hij vond haar fratsen hilarisch. Stiekem vond ik het geweldig om te zien hoe hij haar in toom hield.

"Hmmm, misschien heb je gelijk. Antonio en Trina zouden best een goed stel zijn, maar daar zullen we nooit achter komen, want Antonio zal geen actie ondernemen. Maar, dat heb ik zo gefikst." Tante Pearl zwaaide met haar armen en mompelde binnensmonds:

HARTENVROUW,

> Laat deze twee zielen samen geraken,
> Stuur liefdespijlen, gauw,
> Laat beloftes ontwaken,
> Gestreeld en gedragen door de wind,
> Liefde is wat hen nu bindt.

DE LIEFDESSPREUK!

Tante Pearl klapte in haar handen. "Ooh... dit wordt geweldig!"

Er ging een rilling over mijn rug en ik hoopte maar dat de spreuk deze keer beter zou werken. Ik herinnerde me namelijk maar al te goed hoe tante Pearl dezelfde spreuk had toegepast op mij en een of andere gangster uit Las Vegas. Dat was niet helemaal goedgegaan. Gelukkig was een ramp voorkomen toen de spreuk per ongeluk werd afgewend door brekend glas.

Maar Mams flessen stukgooien kon natuurlijk niet, omdat Antonio elke fles nodig had om zijn wijn te kunnen bottelen. Bovendien, als ik iets probeerde tegen te gaan, dan zou dat enkele seconden later weer teniet worden gedaan door tante Pearl.

"Tante Pearl, draai je spreuk terug! Je kunt niet zo omgaan met de levens van anderen. Het zijn geen pionnen in een schaakspel!"

"Oh, jawel, hoor. Het is het 'spel van de L-I-E-F-D-E', Cen. Jij zei toch ook dat ze het verdienden om gelukkig te zijn, dus dan maak ik ze gelukkig. Trina is helemaal blij dat ze eindelijk aandacht krijgt van Antonio. Kijk, ook Antonio lacht."

Dat was waar, Antonio zag er tevreden uit en Trina straalde van geluk.

Antonio staarde naar Trina alsof hij haar nu pas voor het eerst zag. Hij bloosde en zijn sombere uitstraling had plaatsgemaakt voor blijheid.

Trina bloosde. "De wijn komt niet uit zichzelf in de fles."

"Nee. Dat klopt," zei Antonio met een plotseling hese stem.

Dromerig staarden ze elkaar diep in de ogen.

De wijn zou *zeker* niet uit zichzelf in de fles komen, als er al gebotteld zou worden.

Tante Pearl zei: "Neem allemaal maar even pauze. Ik doe het bottelen wel. Ga lekker zitten, ontspan je en maak je geen zorgen."

Thuis stak tante Pearl al nauwelijks een vinger uit als het ging om haar huishoudelijke taken voor de Westwick Corners Inn. Ik kon me niet voorstellen dat zij nu ineens al het werk ging doen, zonder dat het haar iets opleverde. Tenzij, het haar wél iets opleverde natuurlijk...

"Verbreek je toverspreuk, of anders doe ik het." Technisch gezien kon ik de spreuk van een andere heks niet ongedaan maken, maar ik zou wel een nieuwe spreuk kunnen doen, waardoor die van haar niet langer werkte. Dat zou kunnen leiden tot een hoop gedoe en ik beschouwde het dan ook als een laatste redmiddel.

Ik zat een beetje in tweestrijd. Als Trina en Antonio nu gelukkig waren samen, wie was ik dan om me daarmee te bemoeien? Aan de andere kant hadden we heel veel wijn die nog gebotteld moest worden en ik betwijfelde of tante Pearl zich wel aan haar woord zou houden en het karwei af zou maken. In het onwaarschijnlijke geval dat ze dat wel zou doen, dan moest iemand, ik dus, al die laagjes toverspreuken tenietdoen.

Tante Pearl verstoorde mijn gedachten. "Vind je niet dat Antonio en Trina wat geluk in de liefde verdienen? Het is toch niet anders dan jouw idiote obsessie voor de sheriff?"

"Hij heeft een naam, tante Pearl. En we zijn niet gek en ook niet betoverd."

Ze kneep haar ogen samen. "Dat weet je dus niet. Je weet niet of ik een liefdesspreuk heb uitgesproken over jullie. Dat heb ik namelijk wel gedaan."

"Dat zou je nooit doen, want je mag Tyler niet eens." Tyler was de sheriff en daarmee ook tante Pearls gezworen vijand. Ze vond dat ze boven de wet stond en Tyler maakte haar vaak duidelijk dat dat niet zo was.

"Dat is helemaal niet waar. Ik vind Sheriff Gates een ietsje pietsje eigenwijs, dat is alles. Iedere keer weet hij weer nieuwe regels te verzinnen om boetes te kunnen geven."

"Je kunt hem gewoon Tyler noemen, hoor. En hij heeft helemaal geen nieuwe regels verzonnen. Als jij de regels overtreedt, dan geeft hij je een boete. Hij doet alleen maar zijn werk, tante Pearl."

Tante Pearl slaakte een zucht van weemoed. "Ik had die laatste luie sheriff nooit het dorp uit moeten jagen. Pas als iets weg is, weet je pas wat je mist."

"Dat klopt helemaal." Ik dacht aan vorig jaar, toen Lombard Wines nog normaal functioneerde. "Nou, verbreek de betovering van Antonio en Trina."

"Straks. Eerst moet ik wat informatie zien te krijgen."

"Over Antonio? Waarom?"

Tante Pearl rolde met haar ogen. "Tjonge, Cen, denk je nou echt dat ik je dat ga vertellen? Jij noemt jezelf een journalist, maar je laat altijd allerlei kansen schieten. Je moet echt nog veel leren."

Ik wilde net aan haar vragen waarom ze Antonio wilde bespioneren toen mijn telefoon ging.

Toevallig was het Tyler. Eindelijk zou ik horen wat hij vanavond van plan was. Misschien iets met een verlovingsring?

Ik zag Tyler voor me, zittend op één knie, een klein blauw fluwelen doosje in zijn hand. Een ring met een diamant die prachtig om mijn ringvinger zou staan, want daar had Tyler echt oog voor. We maken een fles champagne open en...

"Cen? Ben je er nog?" Tylers stem rukte me uit mijn dagdroom.

Eh, ja... Sorry. Ik probeer bij Antonio alles te regelen. Waar ben jij nu?"

"Ik, eh... ik ben op weg naar huis. Over vanavond... er is iets tussengekomen. Zullen we morgen afspreken? Na het wijnfestival natuurlijk."

"Tuurlijk. Maar, wat is er dan?" Mijn stemming sloeg om, hoewel ik opgewekt probeerde te klinken.

"Ik kan er nog niks over zeggen. Ik kom je morgenochtend rond negen uur ophalen voor het wijnfestival, goed?"

"Oké, zie ik je dan." Hij zei niks over dat hij bij Mam was geweest en ik kon geen aanleiding verzinnen om het hem te vragen. Straks had hij zich bedacht over ons! Wat was ik een sukkel dat ik zelfs nadacht over een huwelijksaanzoek. Hoe kon ik zo stom zijn?

Ik stopte mijn telefoon terug in mijn broekzak. Als tante Pearl echt de liefdesspreuk over ons had uitgesproken zoals ze beweerde; had ze hem nu dan bij Tyler beëindigd? Dat zou betekenen dat Tyler niet eens echt van me hield en dat onze toekomst samen...

Tante Pearl trok aan mijn mouw. "Jemig, Cendrine, schiet eens op! We hebben hier een bedrijf te runnen!"

Ik wuifde haar weg. "Ik kom er zo aan!"

Ik moest echt even tot mezelf komen, want anders zou tante Pearl de teleurstelling op mijn gezicht zien. Ik had de hele week al uitgekeken naar Tylers verrassing. En nu, om een of andere geheimzinnige reden, ging het ineens niet door.

Ik keek even naar Trina en Antonio. Ze staarden elkaar niet langer dolverliefd aan, maar waren druk bezig aan de botteltafel. Ze werkten heel routineus en soepel samen. De wijn hadden ze klaargezet, dus die was nu klaar om gebotteld te kunnen worden. Ze sorteerden de labels, kurken en de kurkpers op volgorde van de productielijn.

Ze pasten heel goed bij elkaar, met of zonder hekserij. Misschien waren de betoveringen van tante Pearl niet eens zo slecht. Soms was er even een vonkje nodig om iets te kunnen laten ontbranden.

Ik haastte me terug naar tante Pearl, maar echt vrolijk was ik niet meer. Ze gaf Antonio en Trina nog wat extra opdrachten.

"Waar zal ik mee beginnen?" vroeg ik.

Maar tante Pearl luisterde niet. Ze keek door het raam naar buiten waar net een vintage rode Corvette cabrio door het open hek van Lombard Wines naar binnen reed.

HOOFDSTUK 5

"Ooh, dit wordt nog leuk." Tante Pearl veegde haar handen aan haar broek af en liep naar buiten.

Ik had geen idee wat er gebeurde, maar ik liep achter haar aan.

De koude wind van een paar uur geleden was gaan liggen. Ondertussen was het een paar graden warmer geworden, ook al was het buiten nog steeds behoorlijk fris.

Het chroom en de helderrode metallic lak van de vintage Corvette glommen in de zon toen de chauffeur een half rondje reed, zodat de neus richting het hek stond, klaar om snel weg te kunnen rijden. De auto, een vintage model uit de vroege jaren zestig met witgerande banden en luxe velgen, was in onberispelijke conditie.

Het dak van de cabrio was open en zonder enige moeite herkende ik het kalende hoofd van de chauffeur toen deze de auto parkeerde. Richard Harcourt, de directeur van de Westwick Corners Bank, had blijkbaar zijn praktische bestelbus ingeruild voor een dure oldtimer.

Was de auto soms het gevolg van een midlife crisis? De affaire met een jongere vrouw had hij namelijk al, met Desiree LeBlanc.

Ik dacht na over wat Richard hier kwam doen. Hij was ook sinds lange tijd een van de juryleden van het wijnfestival, dus hij zou zich eigenlijk niet te veel contact met Antonio moeten hebben, aangezien die een van de deelnemers was. Aan de andere kant, Desiree was ook een van de deelnemers en met haar had hij zeker contact. Misschien waren er wat laatste aanpassingen voor het festival morgen? Ik hoopte van niet, want dan zouden zowel Antonio als Mam nog meer werk te doen hebben.

Richard bleef in zijn auto zitten en zette de motor niet uit. Hij leek ons niet door te hebben en had geen haast om de auto uit te komen. Het gevoel dat hij niet zomaar voor de gezelligheid langs kwam, bezorgde me een knoop in mijn maag. Antonio had al in vertrouwen verteld dat hij achterliep met de betalingen van zijn hypotheek. Maar dat zou snel opgelost kunnen worden als de wijnshow morgen succesvol was. Dat was het enige wat hij nu nodig had om de boel weer op de rails te krijgen. Iedereen wist ook dat de wijnproductie afhankelijk was van het seizoen. Richard zou toch wel het fatsoen hebben om Antonio wat speling te geven om zijn zaakjes weer op orde te krijgen? Maar terwijl ik naar binnen rende om Antonio te halen, wist ik al dat dat niet zo zou zijn.

Al snel werd duidelijk waarom Richard in zijn Corvette was blijven zitten. Hij wachtte nog op iemand.

De zwarte Cadillac van Jose kwam aangereden en stopte op slechts een halve meter afstand van Richards Corvette. Beide mannen stapten uit en liepen fluisterend naar de ingang van de wijnmakerij.

Richard was met zijn 1 meter 99 de langste man van het dorp. Hij moest een beetje buigen om tegen Jose te kunnen praten, die met een lengte van 1.83 naast Richard behoorlijk klein leek.

Ondanks dat Jose een paar centimeter langer was en ook slanker dan zijn oudere broer, was het duidelijk dat hij en Antonio broers waren. Allebei hadden ze met grijs doorspekt zwart haar. Beiden waren gladgeschoren en gebruind, hoewel Jose zijn kleurtje had opgedaan aan de Franse Rivièra en Antonio bruin was geworden van het werken in de wijngaard.

Ondertussen waren Antonio en Trina ook naar buiten gekomen. Ze zagen er oververhit uit en leken wat buiten adem. Omdat het binnen in de wijnmakerij nog steeds heel koud was, was hun verschijning waarschijnlijk het gevolg van tante Pearls betovering. Het leek erop dat ze in plaats van het bottelen van wijn wat andere fysieke inspanningen hadden gedaan. Tante Pearl had de neiging om haar liefdesspreuken uit te spreken op de slechtste momenten, maar het was nu wel duidelijk dat Antonio's rode hoofd werd veroorzaakt door zijn boosheid bij het zien van Richard en Jose. Soms wordt krachtige magie overtroefd door emoties die nog sterker zijn.

Antonio liep naar voren en kon met moeite zijn woede bedwingen. Zijn handen waren tot vuisten gebald.

"Wat doet hij hier?" fluisterde Trina. "Hij zou nu op weg moeten zijn naar het zuiden om onze wijnen te bezorgen. Waar is de vrachtwagen?"

"Jose kennende, zal die wel ergens in een greppel liggen," giechelde tante Pearl.

"Niet grappig," bitste ik.

"Het was niet grappig bedoeld. Blijf tegen mij snauwen, Cendrine, en ik maak de liefdesspreuk nog wat krachtiger, zodat…"

"Nee, dat doe je niet!" protesterend hief ik mijn hand tegen haar op.

"Wat ga je doen?" vroeg Trina aan tante Pearl.

"Niks, niet belangrijk nu," reageerde ik.

Trina werkte al tientallen jaren voor Lombard Wijnen en daarom was het begrijpelijk dat het voor haar voelde alsof het bedrijf ook een beetje van haar was, ook al was ze slechts een medewerker. Al die jaren had ze zich uit de naad gewerkt, meer nog dan de uren op haar loonstrook. En soms had ze lang op haar salaris moeten wachten. Er waren niet veel banen te krijgen in ons dorp, maar ook niet veel werknemers die zo veel trouw en toewijding lieten zien. Zeker, een deel was te wijten aan haar verliefdheid voor Antonio. Dankzij tante Pearls liefdesspreuk was haar liefde alleen maar groter geworden.

Jose kwam haastig op ons af gelopen. Richard bleef een paar passen achter.

"We moeten praten," zei Jose.

Antonio sloeg zijn armen over elkaar en staarde naar Jose. "Zo, dus jij en Richard spelen onder één hoedje? Aan wiens kant sta jij eigenlijk, Jose?"

Jose maakte een afwerend gebaar. "Het is niet wat je denkt, Antonio. Ik heb er over nagedacht... We kunnen ons geldprobleem oplossen met wat hulp van buitenaf."

Antonio lachte. "Richard heeft een lening aan ons al afgewezen. Hij wilde ons ook geen tweede hypotheek geven. Zit je nu achter mijn rug om stiekem van alles te regelen?"

"Dat doe jij ook altijd bij mij," zei Jose. "Je vraagt ook niets aan mij wanneer jij allerlei beslissingen neemt. Jij doet alsof dit allemaal van jou alleen is, maar dat is niet zo. De helft is van mij en daarom kan ik net zo goed beslissen over wat er hier allemaal moet gebeuren." Hij keek even naar Trina, maar het was niet duidelijk wat er in hem omging.

"Vroeger wilde je anders nooit meebeslissen. En ook wil je niet meewerken in de wijnmakerij. Op dit moment zou je eigenlijk onderweg moeten zijn om onze wijn af te leveren. Waar is die verdorie gebleven?"

"Dat kan wel even wachten, Antonio. Iets anders is nu even belangrijker." Hij knikte naar Richard. "Vertel het hem maar."

"Ik heb er alles aan gedaan om te helpen met jullie geldproblemen, maar ik ben bang dat we door onze mogelijkheden heen zijn." Richard trok een envelop uit zijn jaszak en gaf hem aan Antonio. "Maandag is het pas officieel, maar ik wilde het jullie nu vast laten weten, zodat het niet als een verrassing komt."

Antonio griste de envelop uit zijn hand en scheurde hem met trillende handen open. "Inbeslagname? Vlak voor het wijnfestival? Ik heb toch nog tot maandag om te betalen?"

"Technisch gezien klopt dat, maar we weten allebei wel waar dit op uitdraait," zei Richard. "Vorige maand heb je ook nog niet betaald. Zoals ik al zei, ik laat je nu onofficieel weten wat er gaat gebeuren. Dan weet je het alvast maar. Sorry, Antonio, ik heb mijn best gedaan, maar omdat je niet op tijd betaald hebt... De bank dwingt me hiertoe." Op zijn gezicht was geen enkele emotie te zien.

In de lucht hing een vijandige sfeer. Ieder moment kon de bom barsten. Ik durfde niet te vragen waarom het allemaal de schuld was van Antonio en niet van Jose.

Antonio had Richards onoprechtheid meteen door. "Tuurlijk joh. We kennen elkaar al zo lang, Richard. Hoe kon je ons dit aandoen?"

Richard vermeed het om Antonio aan te kijken. In plaats daarvan keek hij naar een onzichtbaar punt ergens links van ons. "Het zijn de regels van het hoofdkantoor, Antonio, ik kan er niets aan doen."

"Je hebt er gewoon geen zin in." Antonio keek naar Jose. "En jij. Span je nu ineens samen met de bank om beslag te laten leggen op ons familiebedrijf? Dankzij jouw falende marketingbeleid en dure snoep-reisjes zijn we juist in de problemen gekomen. Onze wijnboerderij is al eeuwenlang in de familie, Jose. Pa en Ma hebben hun hele leven hard gewerkt om er een succes van te maken. Ben je dat soms allemaal al vergeten?"

"Pa en Ma waren 12 uur per dag aan het werk, 7 dagen per week, Antonio. Ik wil geen slaaf van een bedrijf zijn dat maar nauwelijks uit de kosten komt, op z'n best. We hebben al jaren geen winst meer gemaakt. Het is gewoon niet rendabel."

"Twee jaar geleden heb ik je aangeboden om je uit te kopen, toen gingen de zaken beter. Waarom heb je het aanbod toen dan niet aangenomen?"

"Ik zou maar een fractie krijgen van wat de wijnmakerij waard was," schamperde Jose. "Dat heb ik natuurlijk niet gedaan."

"Dat aanbod was een reële marktprijs, gebaseerd op een professio-nele taxatie," antwoordde Antonio. "Maar mijn aanbod was voor jou wel de aanleiding om mij te proberen uit te kopen en je eigen aandelen te verkopen, alleen nu tegen een slechtere prijs."

"Nou, jammer dan. Nu je er voor gezorgd hebt dat de wijnmakerij aan de grond zit en we geen rooie cent meer hebben, zie ik geen andere opties meer."

Antonio gooide zijn handen de lucht in. "Dus nu is het allemaal mijn schuld? Jij bent anders ook voor de helft verantwoordelijk."

Jose keek even naar Richard, die nauwelijks zichtbaar knikte.

"Je wist dat deze dag een keer zou komen, Antonio," zei Richard.

"Ik heb je vaak genoeg gewaarschuwd. Kennelijk heb je dat nooit serieus genomen."

Antonio vloekte binnensmonds en stapte naar voren. Trina probeerde hem te stoppen door hem bij zijn arm vast te grijpen.

Jose haalde diep adem. "Luister, ik weet hoe erg het is. Daarom heb ik contact opgenomen met Richard om te kijken of er nog andere opties zijn. Buiten de bank om."

"Buiten de bank om?" Antonio zag eruit alsof hij iemand wilde slaan. Hij werd alleen nog tegengehouden door Trina, maar dat zou vast niet lang duren.

"Richard denkt dat hij wel een koper kan vinden," verklaarde Jose. "Dan verkopen we de wijnmakerij en gaan door met onze levens."

"Dat is wel een optie," zei tante Pearl opgewekt.

Ik pakte haar bij de arm en fluisterde: "Hou op!"

"Au!" Ze rukte haar arm weg en keek me boos aan.

Antonio keek ons even verward aan en wendde zich weer tot Jose. "Dit IS mijn leven, Jose, of was je dat nog niet opgevallen?"

Trina beet op haar lip; de tranen stonden in haar ogen.

Antonio pakte haar hand.

Jose fronste even toen hij het stel hand in hand zag staan. "Je weet dat dit een verloren strijd is, Antonio. De bank zal alles in beslag nemen, maar hierdoor hebben we een uitweg; het is een kans die we niet kunnen laten lopen."

"Ik verkoop mijn deel never nooit niet!" Antonio spuugde op de grond, gevaarlijk dicht in de buurt van Jose's voeten.

Jose deed of hij het niet zag.

"Probeer je me nu te dwingen om te verkopen?" vroeg Antonio aan Richard. "Staat er toevallig al een koper klaar? En jij zal ongetwijfeld wel een graantje meepikken van deze deal. Dat is niet erg ethisch, Richard. Weet jouw baas wel van jouw schimmige zaakjes?"

Richard haalde zijn schouders op. "Er is niets oneerlijks aan. Ik had dit niet hoeven doen, hè, Antonio. Ik probeer je juist uit de puree te halen."

"Wie is die koper?"

Stilte.

"Jose? Jij weet ook al wie het is, of niet?"

"Richard en ik hebben nagedacht over hoe we deze puinhoop konden oplossen. We hadden geluk dat we iemand konden vinden die geïnteresseerd is in een kleine wijnmakerij zoals die van ons. Het gaat niet echt goed met de economie en onze wijnmakerij ligt nogal afgelegen, zoals je weet. Door hogere transportkosten kunnen we niet de hoofdprijs vragen. Maar ik denk dat we, eh…. best een goed aanbod hebben gehad. Je zou blij moeten zijn dat we nog iets voor de wijnmakerij krijgen in plaats van dat we er niets aan overhouden."

"Je praat alsof de deal al gesloten is, Jose," zei Trina. "Waarom heb je Antonio niet gevraagd om ook bij deze gesprekken te zijn?"

Jose reageerde gefrustreerd. "Dat heb ik heus wel geprobeerd! Maar hij weigert om erover te praten."

"Wie is de koper, Jose? Waarom geef je Antonio geen antwoord op zijn vraag?" Trina was al net zo van slag als Antonio.

Jose haalde diep adem en gaf Antonio een envelop. "Hier staat het aanbod in. En voordat je tegen me begint te schreeuwen: lees eerst alles. Het is geen fortuin, maar het is een redelijk bedrag. En de overdrachtsdatum kan in overleg. Ik weet dat je er niet blij van wordt, maar zo is nu eenmaal de situatie. Dit is het beste, voor ons allebei."

Antonio rukte het papier uit de envelop. Hij las de overeenkomst vluchtig door en smeet hem toen op de grond. "Desiree Leblanc?? Zij is de laatste persoon aan wie ik verkoop! Niet dat het iets uitmaakt, want we verkopen de wijnmakerij niet. Niet aan Desiree, aan niemand!"

"Kom op nou, Antonio. Of we eindigen met niets, of we nemen het genereuze aanbod van Desiree aan."

"Genereus? Dit aanbod is nog lager dan wat ik jou twee jaar geleden bood. Zo gaat het voor een grijpstuiver weg! Jij, verrader! Pa en Ma hebben zo hard voor de wijnmakerij gewerkt en jij geeft hem haar bijna cadeau."

"We zijn door alle opties heen, Antonio. We moeten verkopen of anders neemt de bank alles in beslag."

"Hier krijg je spijt van!" schreeuwde Antonio.

Jose schopte tegen een steentje en vermeed het om Antonio aan te kijken.

Richard tikte tegen zijn horloge. "Maandag, Antonio. Je hebt nog wat tijd om hier uit te komen."

Antonio keek naar Jose. "Jij bestaat niet meer voor mij. En jij ook niet, Richard. Als je dit bedrijf verkoopt, dan vermoord ik je!"

HOOFDSTUK 6

*R*ichards voetstappen knerpten op het grind van de oprijlaan toen hij terugliep naar zijn Corvette.

Jose keek hem na en vermeed het om de anderen aan te kijken. Het was duidelijk dat hij op dit moment liever ergens anders was.

Tante Pearl verbrak de stilte. "Wat een bedrieger! Ik word echt misselijk van hem. Alsof het nog niet genoeg was dat hij haar ieder jaar op het wijnfestival voortrekt. Hij saboteert de wedstrijd en nu helpt hij die onbeschofte Desiree ook nog om jullie wijnboerderij en wijngaard in haar hebberige handjes te krijgen. Ik vraag me echt af wat Valerie hiervan vindt."

"Valerie kan het niets meer schelen," zei Jose. "Ze heeft tegen Richard gezegd dat ze wil scheiden."

Iedereen wist van de knipperlichtrelatie van Desiree en Richard. Al die jaren had Valerie hun openlijke gescharrel met lede ogen aangezien. Waarschijnlijk had ze er nu dan echt genoeg van.

"Oh… ben je ineens op de hoogte van de laatste roddels?" spotte tante Pearl.

Jose zuchtte. "Het hele dorp weet het al, Pearl. Gisteren heeft Valerie de scheidingspapieren ingediend. Ze heeft eindelijk genoeg van Richards affaire met Desiree."

COLLEEN CROSS

"Dat werd tijd," bitste tante Pearl, duidelijk boos omdat ze blijkbaar de laatste was die het hoorde.

Er viel een stilte, die doorbroken werd toen Antonio met zakelijke stem vroeg: "Heb je de wijn afgeleverd, Jose?"

"Nee, ik heb de wijn niet geleverd. Ik was heel hard bezig om ervoor te zorgen dat ik dit bedrijf kon redden... zonder enige waardering van jou, kennelijk. Weet je wat het is om met jou te werken, Antonio? Je bent een enorme controlfreak en alles moet zoals jij het wil. Jij maakt je zo druk over stomme wijnflessen dat je het grote plaatje niet ziet. Het bedrijf is het niet meer waard. We zijn failliet en het is te laat om er nu nog iets aan te doen. Ik kan niet wachten tot ik eindelijk van deze last verlost ben."

"Jaja. Als jij je misschien iets drukker om het bedrijf had gemaakt, dan hadden we nu niet in deze rotzooi gezeten. Ik ga de wijn wel afleveren. Waar staat de vrachtwagen? En geef me de sleutels." Antonio hield zijn hand op en gebaarde om de sleutels.

Jose bukte om de weggegooide brief met het aanbod op te rapen. "Doe maar rustig. Ik zal de wijn wel afleveren, voor de laatste keer. Ik ga nu naar de vrachtwagen en vertrek over een uur. Ik zal alle bestellingen tot aan de Mexicaanse grens allemaal bezorgen. Het zal me wel een week kosten, maar alles wordt geleverd, tot aan de laatste fles. Ik zal ook alle klanten vragen om cash te betalen. Niet dat het nog uitmaakt, want vanaf maandag is de wijnmakerij niet meer van ons. Maar ik doe het toch, om van jouw gezeur af te zijn."

"Als we de wijnmakerij verliezen, komt dat door jou. Dat je nu de wijn gaat bezorgen, als je dat al gaat doen, komt een beetje te laat. Je bent gewoon lui en egoïstisch. Je denkt alleen maar aan jezelf!"

"Whatever. Je krijgt hier spijt van, Antonio." Jose liep zonder nog om te kijken naar zijn auto. Hij startte de motor en draaide een half rondje vlak langs ons. Vervolgens gaf hij een dot gas en met loeiende motor en gillende banden schoot hij van de parkeerplaats af, terwijl het grind ons om de oren vloog.

"Eikel." Antonio spuugde op de grond.

"Het positieve hiervan is dat Jose in elk geval een paar dagen niet in de buurt is," zei Trina.

De twee broers verschilden van elkaar als dag en nacht. Ze waren elkaar steeds uit de weg gegaan, alleen met elkaar communicerend via Trina met telefoontjes en tekstberichtjes. Anders was alles al veel eerder tot een uitbarsting gekomen.

Antonio schopte tegen het grind. "Verraden door mijn eigen broer. We waren nooit erg close, maar ik heb altijd gedacht dat we allebei hard wilden werken om het familiebedrijf tot een succes te maken. We zijn verschillend, maar ik had nooit verwacht dat hij ervoor zou zwichten om ons bedrijf voor een habbekrats te verkopen. Aan de andere kant dacht Jose altijd al eerder aan zichzelf dan aan een ander."

Trina gaf hem een geruststellend klopje op zijn arm. "Er zijn vast nog wel andere mogelijkheden. Wat als je nu de druiven en de wijn van dit jaar aan Desiree verkoopt, in plaats van de hele wijngaard op te geven? Je weet dat ze al jaren jouw druiven wil kopen. Vergeet dat stomme festival."

Antonio schudde zijn hoofd. "Ik verkoop niks. Niet aan Desiree, aan niemand. Ik heb mijn hele leven gewerkt om de Lombard wijnen te maken tot wat ze nu zijn. En er zal nooit een Verdant Valley Vineyards label van Desiree op een Lombard wijnfles komen. Ze kan wijnen van andere wijnmakers kopen om die voor haar eigen wijn te laten doorgaan, maar ze zal nooit een label op die van mij kunnen plakken. Ik doe niet mee aan haar bedrog."

"Maar als zij uiteindelijk de wijnmakerij koopt, dan zal dat toch gebeuren," zei Trina. "Ze kan hem nu kopen, of wachten tot de bank hem in beslag genomen heeft. Ze heeft er ook het geld voor. Waarschijnlijk wordt zij dan toch de nieuwe eigenaar, daar zal Richard wel voor zorgen. En op deze manier heb je er zelf nog wat over te zeggen."

"Trina heeft gelijk," zei ik. "Wanhopige tijden vragen om wanhopige maatregelen. Verkoop haar de komende twee jaar ongeveer alleen de druiven en de wijn, net zo lang totdat je alles weer op de rails hebt." Dat zou wel betekenen dat er ook wijn moest zijn om te kunnen verkopen, maar, één ding tegelijk.

"Ik pleeg nog liever zelfmoord," aldus Antonio.

Trina's ogen werden groot. "Dat is nergens voor nodig. We regelen wel wat."

Officieel was Trina slechts een toegewijde werknemer die al heel lang in dienst was. Maar eigenlijk was ze heel veel meer. Ondanks de bijwerkingen van tante Pearls toverspreuk, was het overduidelijk dat ze heel veel om Antonio gaf en dat ze het beste met hem voor had. Ook bekeek ze alles praktisch en zakelijk. Het leek erop dat door de liefdesspreuk de kans wel groter was dat hij naar haar goedbedoelde adviezen zou luisteren.

"Ik weet de oplossing," zei tante Pearl opgewekt, alsof het idee net bij haar was opgekomen. "Ik koop Jose's aandeel en word jouw part-ner. Ik neem een hypotheek op de Westwick Corners Inn, haal wat extra vermogen uit ons bedrijf en stort een hoop geld in deze zaak."

Ik hield even mijn adem in. "Je kunt niet zomaar een hypotheek nemen op de B&B! Mam en tante Amber zijn ook eigenaren en zij zullen hier nooit mee akkoord gaan. Het risico is te groot." Ondanks dat het heel aardig was van tante Pearl om Antonio te willen helpen; onze boutique B&B was onze broodwinning. Wij konden ons ook geen schulden meer veroorloven, anders zouden we dezelfde kant op gaan als Antonio.

"Noem je Antonio nu een risico? Tjonge, Cen, dat klinkt ook niet aardig!"

"Ik heb niet gezegd dat…"

Tante Pearl richtte zich tot Antonio. "Eerlijk waar, ik weet niet van wie ze dat heeft. Cendrine heeft echt geen begrip voor anderen."

Ik moest me inhouden om niet in tante Pearls val te trappen en haalde diep adem. "Zelfs al zouden Mam en tante Amber ermee instemmen, dan zou je nog de financiering niet op tijd rond krijgen."

Tante Pearl rolde met haar ogen. "Jeetje, Cendrine, moet je nu echt op alle slakken zout leggen? We krijgen het geld voor Antonio wel bij elkaar, al moet de onderste steen boven komen. Maar, alles op z'n tijd. We moeten nog steeds de wijn bottelen voor het wijnfestival. Dat gebeurt niet vanzelf, dus aan de slag!"

Trina glimlachte. "Ik haal meer kurken."

"Ik kom met je mee," zei Antonio.

We zagen ze verdwijnen achter de grote roestvrijstalen vaten.

Tante Pearl zuchtte en keek me doordringend aan. "Kijk die twee tortelduifjes nu eens. Hij is bijna failliet en toch houdt ze van hem. Als dat geen ware liefde is, dan weet ik het ook niet meer. In goede tijden of slechte tijden; zij horen bij elkaar."

HOOFDSTUK 7

ien minuten waren voorbijgegaan voordat Antonio en Trina terugkwamen. Aan hun verfomfaaide uiterlijk te zien hadden ze meer gezocht dan alleen wat kurken.

Tante Pearl schraapte haar keel. "Eh, Antonio, ik heb een nieuw voorstel voor je. Als je mij niet als zakenpartner wil, kun je me ook inhuren als consultant. Je weet dat ik hard werk en dat ik een paar *heel* speciale eigenschappen heb, waarmee we de productie snel kunnen opschroeven."

"Je kunt een goede wijn niet ineens versneld produceren," zei Antonio. "Dat kun je niet overhaasten. Het kost gewoon tijd om hem te laten rijpen en ouder te laten worden. Ik weet zeker dat jij je dat wel kunt voorstellen, Pearl."

Tante Pearls ogen vernauwden zich tot spleetjes. "Noem je mij nu oud?"

Hij schudde zijn hoofd. "Natuurlijk niet. Ik bedoelde alleen maar hoe ouder..."

Trina kwam tussenbeide. "Wijn is net als liefde. Het maken van wijn is net als het bedrijven van..."

Tante Pearl deed haar hand omhoog. "Ja, stop maar met die

48

romantische onzin. Je maakt echt een grote fout, Antonio. Als je dit bedrijf weer op de rails wil krijgen, kun je niet zonder mij."

Trina haalde haar schouders op. "Antonio weet wel wat het beste is voor de wijnmakerij."

Tante Pearl rolde met haar ogen en bauwde zachtjes Trina na: 'Antonio weet wel wat het beste is.'

Mijn hartslag ging omhoog. Als tante Pearl boos op Trina werd, zouden haar toverkunsten wel eens uit de hand kunnen lopen. Dat mocht niet gebeuren.

Ik zei: "Jose heeft beloofd om de bestellingen af te leveren, dus laten wij ons concentreren op wat we nog moeten doen voor het wijnfestival. We bottelen zo veel mogelijk en denken later wel na over de rest."

"We zorgen dat alles weer normaal wordt," lachte Trina.

Tante Pearl schudde haar hoofd. "Nee, Trina, het wordt niet meer normaal. Jose is een loser, de Lombard wijn is bocht, en ik heb geen idee wat er met Antonio aan de hand is. Het gaat je echt niet lukken om dit allemaal weer goed te krijgen; in elk geval niet zonder mij."

"Tante Pearl!" Ze was altijd al bot, maar dit ging te ver. Ik zei tegen Antonio en Trina: "Let maar niet op haar. Laten we positief blijven. Eén ding tegelijk."

Tante Pearl lachte. "Cendrine is weer eens waanzinnig bezig. Ha, dat rijmt ook nog een beetje. Zeg, ik ben dol op rijmpjes. Hmm, eens even denken..."

Ze begon met haar vingers te knippen op een jazzy ritme:

Lombard wijn
Drinkt als een trein,
Hij rijpt in de tijd,
Hoe het ook gedijt,
We worden altijd verblijd,
Eerst de wijn in de fles,
Dan volgt een verwenproces,
Voor een sublieme smaak,
Zo is het altijd raak!

. . .

Trina klapte verheugd in haar handen. "Geweldig!"

Tante Pearl wreef in haar handen en lachte naar me. "Jij zei dat we positief moesten denken, dus dat is precies wat ik gedaan heb, Cen."

Mijn hart bonsde luid toen ik me realiseerde dat tante Pearl zojuist weer een toverspreuk had uitgevoerd. Ze had de wijn verbeterd! Dat was bedrog, klip en klaar. "Hou op, tante Pearl!" fluisterde ik.

Tante Pearl keek naar Antonio en Trina, die elkaar dromerig in de ogen staarden en zeker niet naar ons luisterden.

"Ophouden met wat? Wil jij dan dat Lombard Wines ten onder gaat? Wil je soms dat Antonio alles kwijtraakt waar hij zo hard voor gewerkt heeft? Wil je dat Trina de enige baan die ze ooit sinds de middelbare school heeft gehad kwijtraakt? Wil je dat ik overal mee ophoud, zodat deze twee in de goot eindigen?"

"Natuurlijk niet! Dat wil ik helemaal niet. Maar je kunt niet alles met toverspreuken oplossen." Van schrik sloeg ik mijn hand voor mijn mond. Bijna had ik ons geheim verraden. Er gingen in het dorp wel vage geruchten rond dat onze excentrieke familie uit heksen bestond, maar niemand nam dat serieus. Antonio en Trina waren zich er helemaal niet van bewust dat tante Pearl een zeer ervaren heks was en ongelooflijke bovennatuurlijke krachten bezat. En dat ze niet alleen een liefdesspreuk over hen had uitgesproken, maar nu ook de wijn had betoverd.

Gelukkig had zowel Antonio als Trina mijn opmerking over tovenarij gemist.

"Het is geen toverspreuk, Cen, het is gewoon poëzie." Tante Pearl grinnikte toen ze de spreuk herhaalde:

Lombard wijn
  Drinkt als een trein,
  Hij rijpt in de tijd,
  Hoe het ook gedijt,
  We worden altijd verblijd,
  Eerst de wijn in de fles,
  Dan volgt een verwenproces,

Met veel respect,
Wordt deze wijn perfect,
Dit heerlijke elixer,
Behoeft geen mixer,
Goede wijn behoeft geen krans,
En is helemaal in balans,
Schenk de wijn rijkelijk,
Hij is gewoonweg goddelijk!

"Deze versie is misschien meer van toepassing op Antonio, denk je ook niet?"

Antonio keek op bij het horen van zijn naam. "Hé, dat is een leuk gedicht! Kun je het nog eens opzeggen? Ik heb het begin gemist."

Tante Pearl knipoogde naar Antonio: "Absoluut!"

"Lombard wijn
Drinkt als een trein,
Hij rijpt in de tijd..."

Voordat ik kon protesteren, stak Trina haar hand op om tante Pearl te laten ophouden. "Het is prachtig! Ik haal even mijn gitaar en dan maken we er een lied van. Lombard Wines' eigen themalied!"

Een eigen lied zou natuurlijk een geweldige marketingzet zijn, maar als we de wijn niet in de fles kregen, zou er niks zijn om reclame voor te maken.

Tante Pearl deed net of ze Trina niet hoorde en begon opnieuw:

Lombard wijn
Drinkt als een trein,
Hij rijpt in de tijd...

. . .

"Hou op!" Ik deed mijn hand over tante Pearls mond. "Je kunt dit niet zo maar…"

"Ik doe wat ik wil, zuurpruim! Jij bent echt zo'n enorme pretbederver. En haal je hand van mijn mond!" Tante Pearl stampte hard met haar voet op die van mij.

"Auw!" Ik liet haar los en struikelde van de pijn achteruit. Het was duidelijk dat tante Pearl het probleem was. Haar toverspreuken zorgden altijd voor onvoorziene situaties, die niet te verklaren waren zonder onze geheimen prijs te geven. Het enige positieve van de rijmende spreuk was dat hij Antonio wat leek op te vrolijken.

Hij keek me vol verwarring aan. "Waarom hou je Pearl zo in bedwang, Cen? Dat is toch nergens voor nodig?"

Bij tante Pearl was het zeker nodig. Maar als ik het verder zou proberen uit te leggen, zou hij me voor gek verklaren. "Sorry, ik liet mezelf een beetje gaan. Laten we ons focussen op het botteln van de wijn."

"Oké," zei Antonio, terwijl hij me nog even argwanend aankeek. "Je hoeft tegen mij geen sorry te zeggen. Onze dichteres Pearl wilde me alleen maar wat opvrolijken, toch, Pearl?"

Ik keek naar mijn tante en ik voelde mijn gezicht rood worden. Ik zou niet kunnen uitleggen dat mijn tante niet zo maar een gedicht verzon, zonder te verklappen dat ze eigenlijk een toverspreuk uitsprak. Helaas had ik daardoor de schijn tegen en was ik nu in Antonio's ogen de slechterik.

"Deze wijn drinkt als een trein…" zong tante Pearl zachtjes binnensmonds.

"Bedrieger," fluisterde ik.

"Ik probeer alleen maar op gelijke voet met de concurrentie te komen," zei ze.

"Bedoel je Desiree? Als zij de wedstrijd wint komt dat niet door haar wijn, maar omdat ze slaapt met de jury. Jouw spreuk houdt dat niet tegen."

"Daar was hij ook niet voor bedoeld," zei tante Pearl. "Ik bedoel dat Antonio nu ook kans maakt naast de Wiching Hour Red Merlot van

Ruby. Dacht je echt dat ze die merlot helemaal zelf had geproduceerd? Al bij haar eerste poging om wijn te maken?"

"Je bent gewoon jaloers, tante Pearl." Mam was zo trots op haar wijn en terecht ook. Ze had er heel hard haar best voor gedaan en had Antonio's instructies tot de letter opgevolgd. Mam zou woedend zijn als ze zou merken dat tante Pearl zich ermee bemoeid had.

"Ik ben helemaal niet jaloers!" Ze wees naar me en trok een kinderachtige pruillip. "Er is niets om jaloers op te zijn."

Antonio had niets gemerkt van tante Pearls uitbarsting en hief een glas syrah omhoog om te proosten.

"Op vrienden die vrienden helpen." Hij nipte van de wijn en liet hem even in zijn mond rondgaan voordat hij hem doorslikte. "Mmm... volgens mij is deze nog beter dan onze vintage uit 2001. Eigenlijk zou het best wel eens de beste syrah kunnen zijn die we ooit hebben gemaakt."

Trina en tante Pearl proostten met elkaar. "Cheers!" zeiden ze tegelijk, voordat ze van de wijn proefden.

Op tafel zag ik nog één overgebleven wijnglas staan. Ik had niet gezien dat iemand de wijn had ingeschonken of me een glas had aangeboden. Was ik nu ook betoverd door tante Pearl?

"Pak je glas en drink je wijn op, Cendrine," zei tante Pearl. "We hebben niet de hele dag de tijd." Kon ze nu echt mijn gedachten lezen?

HOOFDSTUK 8

*E*en paar uur later hadden we alle wijn gebotteld. Dat hadden we snel gedaan, gezien het grote aantal flessen dat we hadden gevuld. Ik liet mijn blik door de wijnmakerij gaan. Wijndozen stonden netjes in drie rijen dik opgestapeld tegen de zijmuur. Maar iets klopte er niet. Dit was veel meer wijn dan we ooit hadden kunnen botelen, zelfs niet als we een hele dag de tijd hadden gehad.

Ik wachtte even totdat Antonio en Trina buiten gehoorsafstand waren voor een volgend uitstapje naar de wijnkelder en zei tegen tante Pearl: "We hebben hier maar een klein deel van gebotteld. Dus waar komt de rest ineens vandaan?"

Tante Pearl trok haar schouders op. "Wat maakt het uit? Voorlopig zijn Antonio's problemen opgelost, als het hem tenminste lukt om alles te verkopen."

"Jij hebt al die wijn tevoorschijn getoverd," zei ik.

"Nou ja, we konden anders de deadline onmogelijk halen, dus ik heb er wat vaart achter gezet. Daar komt heus niemand achter. Antonio en Trina zijn met andere dingen bezig en jij houdt je mond wel."

"Je belazert de boel, tante Pearl. En ik wil er niets mee te maken hebben. Je beschuldigt Desiree ervan dat ze de boel bedriegt, maar jij doet precies hetzelfde."

"Niet waar, Cen. Ik doe niet alsof andermans wijn van mij is door er mijn eigen label op te plakken, zoals Desiree doet."

"Jij bent erger, want jij maakt namaakwijn," zei ik terwijl ik met mijn vinger naar haar wees.

"Ik heb je anders niet horen klagen toen je ervan dronk," antwoordde ze.

"Draai de spreuk terug, tante Pearl."

Welke spreuk, die voor Antonio's wijn of voor Ruby's wijn?"

"Dat meen je niet!"

"Ik ben bang van wel. Ik word echt te oud om bij te houden welke spreuk er op dit moment actief is."

"Hoe komen we daar achter?" Ik vroeg me af of ze ook mij met een spreuk had betoverd. Zo ja, dan wist ik niet hoe ik dat zou kunnen weten en het haar vragen had geen zin, want ik zou toch geen normaal antwoord krijgen.

Tante Pearl schudde haar hoofd. "Dat gaat niet lukken. Ik heb spreuken uitgevoerd over andere spreuken heen, die ook weer over andere spreuken waren uitgesproken. Nu is het zelfs voor mij te ingewikkeld geworden. Ik weet niet meer waar ik was gebleven."

"Met je geheugen is anders niets mis, tante Pearl. Hou op met excuses verzinnen en draai je spreuken terug. Antonio zou niet door bedrog willen winnen."

"Hij weet niet wat het beste is voor hemzelf, Cen. Bedrog is het enige nog wat Lombard Wines kan redden. Iedereen doet het. Ik moet toch op z'n minst zorgen dat hij het kan opnemen tegen die valsspeler van een Desiree. Niemand kan ontkennen dat Antonio's wijn de prijs moet winnen. Zijn wijn is zó goed en zelfs beter dan die van Ruby."

"Is dat waar het allemaal om draait? Probeer je nu Mam te verslaan omdat je jaloers bent op haar talent om zelf wijn te kunnen maken?"

"Natuurlijk niet," zei tante Pearl. "Ruby's Witching Hour Red Merlot is absoluut voortreffelijk. Maar deze wijn... die is meer dan voortreffelijk. Om een moord voor te doen."

"Als jij je spreuk niet terugdraait, dan doe ik het," waarschuwde ik.

"Je kunt de spreuk van een andere heks niet terugdraaien, Cen. En zelfs als je het wel zou kunnen, dan zou dat ook bedrog zijn."

"Let maar eens op." Ik wilde net een terugdraaispreuk uitspreken, toen Antonio terugkeerde uit de kelder met een blozende Trina achter zich aan, helemaal buiten adem.

Ik geloofde er helemaal niks van dat als ik een misplaatste spreuk zou terugdraaien, ik onderdeel zou worden van het bedrog. Ik zorgde er juist voor dat alles weer werd zoals het was.

Door mijn spreuk zou tante Pearls bedrog ongedaan gemaakt worden en zou Antonio met zijn wijn weer op hetzelfde punt staan als waar we waren begonnen. Maar als alles weer zou worden als het eerst was, dan zou dat ook betekenen dat Antonio niet klaar zou zijn voor het wijnfestival en zou hij Lombard Wines niet meer kunnen redden.

Was dat echt wat ik wilde?

De toverspreuk van tante Pearl terugdraaien zou ook betekenen dat we de hoop konden opgeven.

Ik wilde het volgens de regels doen, maar wilde ook niet harteloos zijn.

In wat voor wereld zouden we leven als er geen hoop meer was?

HOOFDSTUK 9

*H*et motregende zachtjes toen Tyler mij de volgende ochtend om even voor 9 uur kwam ophalen voor het wijnfestival.

Ik wilde met hem praten over gisteren en onze afgezegde plannen, maar bedacht me. Hij was stil en afwezig, alsof iets hem dwars zat.

Hij leek niet helemaal zichzelf.

Hij betrapte me terwijl ik naar hem keek. "Is er iets?"

"Nee hoor," zei ik. "Je lijkt alleen wat... stilletjes."

"Ik ben gewoon moe, Cen. Het spijt me van gisteravond, maar ik maak het goed met je, dat beloof ik."

Ik glimlachte en voelde me wat beter. Ik vond het prima om de hele dag met Tyler op het wijnfestival door te brengen, maar ik kon het niet laten om te piekeren over zijn verrassing. Gezien zijn humeur zou die vandaag waarschijnlijk ook niet komen, dus ik verdrong de gedachte eraan. Met te hoge verwachtingen zou ik vast alleen maar teleurgesteld worden.

Het wijnfestival zou pas over een uur officieel worden geopend, maar omdat we zo vroeg waren kon ik alvast bij iedere kraam kijken en kletsen met de exposanten, voordat het erg druk zou worden met aangeschoten wijnproevers. Ik moest ook nog wat last-minute details verwerken in mijn artikel over het wijnfestival. Het artikel was bijna klaar, op de namen van de winnaars van elke wijncategorie na en natuurlijk eventuele onverwachte gebeurtenissen. Maar het belangrijkste was dat ik er zeker van wilde zijn dat alles goed ging bij Antonio's wijnkraam. Met hoe hij er mentaal aan toe was, was ik bang dat hij het misschien niet zou redden vandaag, zelfs niet met Trina's hulp.

Tyler reed het parkeerterrein van de school op en moest direct uitwijken voor tante Pearls enorme camper.

De camper, door haarzelf 'Pearls Paleis' genoemd, stond roekeloos dubbel geparkeerd en blokkeerde deels zelfs de ingang. Ze had tafeltjes naast de camper neergezet, die ook weer parkeerplekken in beslag namen.

Dit had ze ongetwijfeld allemaal gedaan om moeilijkheden te veroorzaken en te zien of ze ermee weg kwam. Ze hoopte op een confrontatie met Tyler, gewoon omdat ze het leuk vond. Hij was de sheriff die het bijna het langst in ons dorp had uitgehouden en ze was er nog niet in geslaagd om hem weg te jagen. Ik twijfelde er niet aan dat ze het zou blijven proberen.

Maar Tyler vond haar grillen vooral grappig, hoewel ik me afvroeg wat hij zou denken over de liefdesspreuk die ze had uitgesproken over Antonio en Trina. Om het maar niet te hebben over de verbeterspreuk die ze bij Antonio's wijn, en misschien ook wel Mams wijn, had toegepast.

Sommige dingen kon ik gewoonweg niet tegen Tyler vertellen. Hij wist wel dat we heksen waren, maar ik zag er het nut niet van in om dingen te onthullen waar hij toch niets aan kon veranderen. Dat zou hem alleen maar frustreren.

Tante Pearl probeerde met haar toverstaf alles te beïnvloeden.

Wat als ze echt Tyler had betoverd met een liefdesspreuk? Dan zou hij alleen maar van mij houden vanwege die betovering.

Nee, dat zou echt stom zijn. Tante Pearl zou iedere keer haar toverspreuken moeten herzien en dat zou ze veel te veel moeite en gedoe vinden. Bovendien had ze niks aan ons als stel. Ze zou wel beter uitkijken dan haar aartsvijand deel te laten uitmaken van haar eigen familie.

Tenzij… ze een plan had om dat tegen te gaan voordat dat officieel zou gebeuren. Ik staarde uit het raam en voelde me toch ongemakkelijk.

Nee, dat was belachelijk. Tyler hield van me en ik van hem. We hadden een toekomst samen!

Er kwam geen liefdesspreuk aan te pas, behalve onze wederzijdse liefde voor elkaar, ontstaan uit onze gemeenschappelijke interesses en door de tijd die we samen doorbrachten.

Ik staarde uit het raam van de Jeep. Op het halfvolle parkeerterrein verschenen steeds meer mensen. De meeste standhouders waren nog maar net gearriveerd. Ze waren bezig met het uitladen van de wijndozen uit hun vrachtwagens en bestelbussen. Voorzichtig manoeuvreerden ze de steekwagens met hun dierbare vloeistoffen over het parkeerterrein naar de openstaande deuren van de sporthal.

Tyler stuurde om Pearls Paleis heen en reed de Jeep naar een parkeerplaats naast Richards Corvette. De kap van de cabrio stond open.

"Ik kan beter Richard even gaan zoeken, zodat hij de kap weer dicht kan doen." Tyler keek omhoog naar de donkere regenwolken. "Het ziet ernaar uit dat het zo gaat regenen."

Terwijl ik uitstapte, viel mijn oog op twee dozen Verdant Valley Vineyards van Desiree LeBlanc op de achterbank. Als dat al geen bewijs meer was van voortrekkerij en corruptie, dan wist ik het ook niet meer. Misschien had Desiree ze er wel zelf expres neergezet, om haar terrein af te bakenen of zoiets.

Ik had Tyler verteld over Richards waarschuwing over de inbeslagname en de interesse van Desiree om Lombard Wines te kopen. "Ik hoop maar dat de situatie niet uit de hand loopt. Antonio heeft niet veel meer te verliezen. En hij zal er alles aan doen om ervoor te zorgen dat Desiree zijn wijnmakerij niet kan kopen. Zelfs als hij haar aanbod weigert, dan kan ze zijn wijnmakerij alsnog kopen van de bank, als die hem inbeslaggenomen heeft."

Tyler pakte mijn hand en hand in hand liepen we over het parkeerterrein naar de ingang van het sportcomplex van de school. "Er moet toch iets zijn wat we kunnen doen? Richard heeft in dit dorp veel te veel macht. Hij kan iemand maken of breken, ook al is hij gebonden aan regels. Nu is het wijnseizoen in volle gang en Lombard Wines kan nu nog veel geld verdienen. Daarom kan Richard Antonio toch best wat uitstel gunnen? Ik zal kijken of ik eens met hem kan praten."

"Je kunt het proberen, maar volgens mij heeft Richard zijn besluit al genomen." We waren net binnen of we botsten bijna tegen tante Pearl op.

Door de plafondlampen schitterden haar rode, met pailletten bezaaide trainingspak en bijpassende haarband bij elke beweging. Ze zag eruit als een kruising tussen een aerobicsinstructrice uit de jaren 80 en een discokoningin. Gelukkig waren hier geen discoballen of stroboscooplampen.

Met wapperende handen reageerde ze overdreven paniekerig: "Cen, er is een probleem. Antonio…"

Antonio kwam ons net voorbij gerend. "Cen, ik ben de wijn vergeten! Trina let op de kraam terwijl ik de wijn thuis ga ophalen. Ik ben zo terug."

"Hoe kun je nu in vredesnaam…" ik stopte midden in de zin, ondanks dat ik enorm baalde dat al ons werk van gisteren voor niets was geweest. Misschien wilde Antonio onbewust toch de handdoek in de ring gooien en opgeven. Wat hij natuurlijk niet aan zijn broer zou toegeven. Of aan zichzelf.

Maar alles verprutsen zou echt een ramp betekenen, want Lombard Wines was niet alleen Antonio's werk, het was ook zijn thuis. Als het bedrijf in beslag zou worden genomen, dan was hij ook zijn huis kwijt.

Ik keek naar Tyler, die nu in een verhitte discussie met tante Pearl was verwikkeld over de kleine parkeerplaatsen en haar slordig geparkeerde camper.

"Parkeer dat gevaarte langs de weg, Pearl. Als je dat nu meteen doet, dan geef ik je geen bekeuring." Hij liet mijn hand los en keek haar strak aan.

Tante Pearl zwaaide de rinkelende sleutelhanger vlak voor Tylers gezicht heen en weer. "Het parkeerterrein van de school is privéterrein, Sheriff. Je kunt me hier geen bekeuring geven."

"Een deel van je camper staat op de toegangsweg en die is openbaar." Tyler trok zijn bonnenboekje uit zijn jaszak en begon te schrijven.

"Als je het me lief vraagt, dan zal ik erover nadenken," pruilde tante Pearl.

"Het is een bevel, Pearl, geen vraag."

Ik wilde me niet bemoeien met hun discussie, dus ik glipte stilletjes weg en liep naar de ingang van de sporthal. Binnen stonden de kramen voor de lokale en regionale wijnverkopers. Ook waren er andere kraampjes met allerlei plaatselijke streekproducten. Er was van alles te koop, van muffins die je het water in de mond deden lopen, tot honing en jam. Ik zocht in de hal naar de kraam voor Lombard Wines en zag hem aan de overkant. Trina keek op dat moment op en zwaaide naar me.

Ik zwaaide terug en liep naar de andere kant van de hal.

Ik was bijna halverwege toen ik bijna tegen Desiree LeBlanc opbotste. Ze droeg een lang roze shirt met een geschulpte hals die haar zongebruinde huid mooi deed uitkomen. Ook droeg ze een strakke witte legging en roze kalfsleren laarzen. Ze paste ondanks haar rondingen prima in een maatje 34 en had geen onsje vet aan haar lichaam.

Desiree slaakte een verbaasde kreet, alsof ik de laatste persoon op aarde was die ze had verwacht tegen te komen.

"Cendrine! Jou moet ik net hebben. Sorry dat ik eerder deze week geen tijd voor je had, maar ik heb het zooo druk gehad met de voorbereidingen van het festival. Maar, je kunt me nu wel interviewen." Desiree haalde een gemanicuurde hand door haar lange blonde haar. Elke lange vingernagel had dezelfde roze kleur en was versierd met een gouden glitter in de vorm van een wijnglas.

"Misschien later vandaag, Desiree," zei ik. "Ik moet eerst nog wat anders doen."

"En hoe zit het met de foto's? Wil je ze nu maken of straks pas, als ik gewonnen heb?" Desiree tuitte haar lippen en streek even over haar wimpers. Ze zette haar handen op haar heupen en nam een fotomodel-pose aan.

Ik keek langs haar naar Trina. Ik wilde met haar praten over Antonio voordat hij terugkwam. "Ik spreek je later, oké? Ik heb eigenlijk een beetje haast nu."

"Ja, ik zie het. Als ik niet beter wist, zou ik denken dat je net van een boerderij komt." Haar lichtblauwe ogen gleden over mijn wijde T-shirt, spijkerbroek en afgetrapte laarzen en ze leek me te keuren alsof ik in mijn nakie stond. Dat was zo typisch iets voor Desiree, om me eerst op mijn nummer te zetten en er vervolgens toch weer met de beker naar huis te gaan. Soms werkte ze op mijn zenuwen. Ik was enorm in de verleiding om een gemene toverspreuk uit te spreken, maar ik kon me nog net inhouden. Ik zou mezelf niet tot haar niveau verlagen.

Ik probeerde langs haar te lopen, maar ze ging voor me staan.

"Die laarzen zijn eh… *interessant*, Cendrine. Vintage is weer helemaal in, zeker. O ja, en nog iets: het gerucht gaat dat Ruby's Witching Hour Red Merlot in de race is om de *meest verbeterde* wijn van het jaar te worden," zei ze. "Ik begrijp niet hoe dat kan, met zo'n lelijk label. Het zou werkelijk een afgang zijn als dat zou gebeuren, toch?"

Ik moest even slikken en voelde dat ik rood werd. Ik had dat label helemaal zelf ontworpen en was best trots op mijn kunstzinnige ontwerp. "Uiteindelijk gaat het toch om de wijn ín de fles."

"Eh, nee hoor, Cendrine. De presentatie is waar het om gaat. Tenzij je een goede eerste indruk maakt omdat je al naamsbekendheid hebt, maar anders kun je er net zo goed meteen mee stoppen. Met zo'n lelijk label wordt het niks. Beschouw het maar als een gratis advies, van iemand die er verstand van heeft." Ze lachte en haar perfecte facings lichtten ultrawit op onder de heldere plafondlampen.

Ik had zin om haar te slaan. In plaats daarvan zei ik: "Ik zal het doorgeven, bedankt."

Desiree draaide zich al om, maar bedacht zich. "O ja, nog één dingetje, Cen. Aangezien Ruby jouw moeder is, hoop ik wel dat je artikel onpartijdig zal zijn."

"Uiteraard." Desiree zou ongetwijfeld dit jaar weer de belangrijkste prijs, de Wijn van het Jaar, winnen. Dat had ze de afgelopen vijf jaar iedere keer gedaan, sinds ze een verhouding had met Richard. En dan durfde ze mij ervan te beschuldigen dat mijn artikel partijdig was? Het deed er ook nauwelijks toe. De *Westwick Corners Weekly* was nu niet bepaald de *Perswijn*. Maar voor Desiree maakte dat kennelijk niet uit. Alles, hoe minimaal ook, moest naar haar hand worden gezet.

Ik haalde diep adem. "Over onpartijdig gesproken, heb je jurylid Richard gezien?" Ik noemde hem expres 'jurylid', een steek onder water naar zijn partijdige jurering.

"Hmm, ik heb Richard net nog gezien. Hij stond zijn auto uit te laden, dus hij is vast in de buurt."

Als hij toch bezig was om zijn auto uit te laden, dan hoefde ik hem ook niet meer te vertellen dat het inmiddels harder was gaan regenen. Dat zou hij zelf wel zien en dan kon hij het dak van de Corvette dicht doen. Ik had toch weinig zin om met hem te praten na wat er gisteren was gebeurd.

Wat ik tegen Desiree had gezegd over Mam was kennelijk voldoende voor haar, want ze liet me eindelijk doorlopen naar de kraam van Lombard Wines. Trina had de kraam heel leuk versierd voor de wijnproeverij. Ze had een mooi witlinnen tafelkleed neergelegd, met kant aan de randen. Het was een leuk idee, maar het zou niet lang duren voordat het helemaal onder de wijnvlekken zou zitten. Plastic wijnglaasjes stonden kunstig in een grote pyramide opgestapeld, net als bij een champagnefontein. Achter de glazen stonden twee eenzame flessen syrah van Lombard Wines.

Alles zag er perfect uit, behalve dat er geen wijn was. Antonio kon maar beter opschieten.

"Ziet er goed uit, Trina," zei ik.

Trina glimlachte. "Wat is Miss Perfect weer lekker bezig, hè? Het is maar goed dat Antonio terug moest naar de wijnmakerij, want anders was hier de Derde Wereldoorlog uitgebroken. Desiree kan het niet laten om haar succes bij Antonio in te wrijven. En dat terwijl hij op punt staat om alles te verliezen."

"Niet als het aan mij ligt." Ik had geen idee wat ik nog kon doen, maar ik wilde positief blijven. We zouden heus wel een oplossing vinden.

"Wat kunnen we nog doen, Cen? Zelfs als we vandaag bedolven worden onder nieuwe bestellingen, dan nog zou dat niet genoeg geld opbrengen om inbeslagname door de bank te kunnen voorkomen. Ik wil alles doen om Antonio te helpen. Als ik genoeg geld had gehad, dan had ik zelf de achterstallige hypotheekbetalingen gedaan. Maar ik heb het niet." Ze sprak met zachte stem: "Eigenlijk ben ik zelf ook bijna blut. Ik heb de afgelopen maanden geen salaris meer gekregen."

"Oh jee, dat vind ik echt heel erg!" De financiën van Lombard Wijnen waren een nog grotere puinhoop dan ik al dacht. Als het ergens al nodig was geweest om de hulp in te roepen van wat magie, dan was het nu. De regels voor tovenarij om er beter van te worden waren heel erg strikt, maar wat als je iemand zou kunnen behoeden om dakloos te worden? Uitzonderingen bevestigen de regels, toch?

Nee.

Er moest iets mogelijk zijn zonder de WICCA-regels te breken. Ik mocht geen hekserij toepassen om er financieel beter van te worden, ook al ging het om iemand anders. Anders zou ik geen haar beter zijn dan tante Pearl.

"Ik leef nu van mijn spaargeld," zei Trina. "Desiree heeft me een baan aangeboden, maar die neem ik niet aan, dat kan ik Antonio echt niet aandoen."

"Hij mag blij zijn dat hij jou heeft," zei ik. "Probeer Richard zoveel mogelijk uit zijn buurt te houden. We willen geen herhaling van gisteren."

Trina knikte. "Tot nu toe gaat het goed, alleen Desiree heeft wel wat onrust veroorzaakt. Ze heeft tegen Antonio gezegd dat hij ook wel voor haar kan komen werken. Hij ontplofte bijna."

Mam stond met haar kraam naast ons en hoorde ons praten. "Je hebt toch een baan nodig, Trina," zei Mam. "Ik weet zeker dat Antonio het wel zal begrijpen dat je op zoek gaat naar ander werk. Als ik kon, zou ik je zelf inhuren."

"Dat kan misschien ook wel," zei ik. "Volgens Desiree ga je waarschijnlijk de 'Meest Verbeterde Wijn' winnen dit jaar."

"Echt? Dat zou geweldig zijn!" Mam straalde. "En hoe weet zij dat allemaal?"

"Dat weet ze helemaal niet," reageerde Trina. "Het is gewoon een verborgen belediging van Desiree. Ze probeert hiermee te zeggen dat je wijn vorig jaar vreselijk was."

"Ach, ja." Mam leek er niet van onder de indruk. "Dat was misschien ook zo. Maar ik heb het afgelopen jaar zo veel van Antonio geleerd. Mijn nieuwe Witching Hour Red Merlot is heel wat verbeterd vergeleken met die van een jaar eerder."

Ik wilde Mam nog waarschuwen dat haar wijn misschien wel was betoverd door tante Pearl, maar ik kon niks zeggen waar Trina bij was. Maar waarschijnlijk maakte het nu toch niet meer uit. In plaats daarvan zei ik: "Tante Pearl zou je toch komen helpen met je kraam?"

"Pearl heeft afgezegd, want ze zei dat ze Antonio moest helpen met de verkoop van zijn wijn." Trina was bezig om een paar meter achter de kraam wat lege wijndozen op te stapelen, dus ze kon ons niet goed meer horen. Mam fluisterde: "Antonio zit echt enorm in de problemen, toch?"

Ik vertelde haar over het aanbod van Jose, de dreiging van Richard om alles in beslag te laten nemen en Antonio's weigering om hun voorstellen aan te nemen. "En dat was nog niet alles, want vandaag was hij vergeten om zijn wijn mee te nemen. Het lijkt wel alsof hij zijn verstand is verloren. Ik heb geprobeerd om hem zo veel mogelijk te helpen. Maar zoals het er nu naar uitziet, raakt hij aanstaande maandag alles kwijt."

Trina kwam weer terug, met tranen in haar ogen. "Ik bedenk me nu pas dat dit mijn laatste wijnfestival is. In ieder geval mijn laatste wijnfestival met Lombard Wines."

Mam gaf Trina een bemoedigend klopje op haar arm. "We vinden er wel wat op, Trina. Laten we eerst maar proberen om er vandaag iets leuks van te maken. We laten Antonio heus niet in de steek, dat beloof ik."

Wat zou Mam bedoelen? Wilde ze zelf iets met tovenarij doen, of had ze een of andere praktische oplossing bedacht?

Mam knipoogde naar me. "Daar komt je vriendje."

Ik keek achter me en zag Tyler door de sporthal op ons af komen lopen. Zelfs zonder zijn uniform straalde hij iets autoritairs uit. Door zijn spijkerbroek en zwarte shirt kwam zijn slanke gespierde lichaam goed uit. Toen hij dichterbij kwam, sloeg mijn hart een slag over. Het liefst wilde ik naar hem toe rennen en hem omhelzen. Een warm gevoel ging door me heen en dat had niets te maken met welke betovering van tante Pearl dan ook.

Tyler glimlachte toen hij mijn blik ontmoette. "Alles oké hier?"

Ik knikte en zei tegen Trina: "Ik hoop dat alles goed zal gaan vandaag. Na het festival zal ik alles doen om te voorkomen dat de wijnmakerij in..." ik stopte voordat ik kon zeggen 'handen van de vijand terechtkomt.'

Tyler legde zijn hand losjes op mijn schouder en vroeg: "Waar is Antonio?"

Trina legde uit dat Antonio onderweg was om de vergeten wijn op te halen en voegde eraan toe: "Hij is de laatste tijd zo'n warhoofd. Zijn geldproblemen drukken zwaar op hem. Misschien moet hij Desiree's aanbod maar aannemen, dan krijgt hij in ieder geval weer wat geld. Hij zou het kunnen gebruiken om zijn eigen wijnmakerij op te starten, zonder Jose."

Mam knikte. "Een nieuwe start zou een goed idee zijn."

"Waar is tante Pearl eigenlijk?" Ik keek de hal rond, maar ik zag geen spoor van mijn fonkelende met rode pailletten bedekte tante.

"Ik zag haar net toen ze haar camper verplaatste," verklaarde Tyler. "Ze was er niet blij mee, maar ik kon haar ervan overtuigen dat als we meer parkeerplekken zouden hebben, er ook meer kopers konden komen. Daar was ze het mee eens."

Dat kwam een beetje vreemd op me over, maar goed, de laatste tijd was tante Pearl ook erg behulpzaam geweest. Gisteren wilde ze zo graag helpen om Antonio's wijn te bottelen. Was ze echt veranderd, of was ze iets van plan?

Mam lachte: "Het zou me niks verbazen als Pearl gewoon een tukkie doet in haar camper. Ze heeft me verteld dat ze afgelopen nacht geen oog had dichtgedaan, zo moe was ze van al het werk gisteren."

Ik fronste. Ze had niet veel meer gedaan dan toverspreuken uitspreken en zeker geen fysiek werk, dus dat was heel vreemd.

"We kunnen Desiree vast niet meer van de eerste plek afhouden, maar misschien kan één van ons nog wel tweede worden," zei Trina. "Dat zou ook de wijnkopers moeten overtuigen om onze wijnen eens te proberen."

"In ieder geval zijn er dit jaar nog twee andere juryleden bij," zei Tyler. "Dat is al een hele verbetering vergeleken met Richard als enige jurylid. Zo is er minder partijdigheid."

Ik haalde mijn schouders op. "Drie juryleden in plaats van één klinkt in theorie wel goed, maar het eindresultaat is waarschijnlijk hetzelfde, aangezien Richard ze zelf heeft uitgekozen. De ene is een parttime bankmedewerker die fulltime wil gaan werken. En de andere is Richards golfbuddy. Ze doen alles wat hij zegt en ook daarom zal Desiree wel winnen." Dankzij protesten van het publiek vorig jaar waren er meer juryleden aangetrokken, waar Richard aarzelend mee akkoord was gegaan. Jammer genoeg waren er maar twee mensen geweest die zich hadden aangeboden.

Trina fronste. "Kun jij daar niets aan doen, Tyler? Corruptie is toch niet legaal?"

"Technisch gezien niet, maar het is moeilijk om te bewijzen en nog moeilijker om een aanklacht tegen in te dienen," zei hij.

"Het blijft jammer dat ieder jaar dezelfde persoon wint," zei Trina. "Het is erg frustrerend dat Lombard Wines nu voor de vijfde keer achter elkaar tweede wordt. Sinds Desiree met haar nepwijnmakerij is gestart maakt niemand meer een kans. Ze koopt de wijn van anderen en doet dan alsof het haar eigen wijn is. Iedereen weet het, maar niemand kan er iets aan doen."

Achter me hoorde ik de stem van tante Pearl. "Als de sheriff er niks aan doet, dan moeten we misschien het recht in eigen hand nemen." Ze brabbelde een beetje, alsof ze zich nu al aan de wijn tegoed had gedaan. Natuurlijk, het was een wijnfestival, dus iedereen drinkt wijn, maar het was nog niet eens officieel begonnen. Een dronken tante Pearl betekende dat de kans groter werd dat ze met magie zou gaan knoeien.

"Nou, Pearl..." Tyler stak zijn hand waarschuwend op.

"Zat ze al aan de drank toen je tegen haar zei dat ze haar camper moest verplaatsen?" vroeg ik aan Tyler.

"Praat niet over me alsof ik er zelf niet bij ben!" Tante Pearl duwde iedereen opzij en kwam voor ons staan. De wijn in haar glas klotste hevig toen ze wankelde op haar benen. Het was maar goed dat ze iets roods droeg vandaag.

"Je bent dronken!" Ik probeerde het glas af te pakken, maar kreeg geen kans. Ze rukte haar hand weg waardoor de wijn alle kanten op vloog.

"Kijk eens wat je doet, Cendrine!" Tante Pearl zwaaide heen en weer bij het bestuderen van haar glas. "Nu is aaaalles weg..." Ze stommelde een paar passen naar achteren.

Ik greep haar bij haar middel en viel bijna zelf om toen ik probeerde haar rechtop te houden.

Waar had ze die wijn eigenlijk vandaan? Er was nog geen enkele kraam open waar je iets kon proeven.

Tante Pearl wankelde en begon steeds harder te praten. "Luister naar me, Sheriff. Als jij niets doet aan dit bedrog, dan zullen we dat zelf wel doen. Ik moet wel zeggen dat deze syrah van Lombard Wines fantastisch is, dankzij mijn helpende hand," hikte ze.

Ik voelde me ongemakkelijk en keek om me heen in de hal, bang dat Desiree, Richard of anderen het hadden gehoord. Gelukkig werd haar harde gepraat overstemd door het geroezemoes van de steeds groter wordende menigte.

De sporthal liep snel vol en er waren nu zeker bijna honderd mensen. Er waren wat dorpelingen en anderen herkende ik als wijnkopers en andere figuren uit de wijnindustrie. Verder waren er nog wat vrijwilligers en wat mensen uit naburige dorpen die wat vertier zochten op de zaterdag. Het Westwick Corners Wijnfestival was de enige dag in het jaar dat mensen overdag konden drinken zonder zich schuldig te voelen.

Tyler zuchtte. "Rustig maar, Pearl. Ik zal wel kijken wat ik kan doen. Heeft iemand Richard ergens gezien?"

Tante Pearl knikte. "Hij is weg. Hij scheurde weg van de parkeerplaats alsof de duivel zelf hem op de hielen zat." Ze hikte weer. "Het scheelde een haartje of hij had Pearls Paleis geraakt."

Tyler trok een wenkbrauw op. "Is Richard weggegaan? Maar het festival staat op punt van beginnen. Zei hij waar hij heen ging?"

"Nee en ik heb het ook niet gevraagd," zei tante Pearl. "Ben je klaar met de ondervraging, of moet ik mijn advocaat bellen?"

Tyler glimlachte flauwtjes. "Je bent echt heel grappig."

Dat maakte tante Pearl alleen maar bozer. "Doe maar lekker bijdehand. Maar ik moet weer aan het werk." Ze draaide zich om en liep onvast in de richting van de uitgang.

"Ze slaapt haar roes wel uit in haar camper," zei Mam. "Ik ga straks wel even bij haar kijken."

Trina lachte. "Het komt wel goed uit. Als Richard te laat is, dan heeft Antonio meer tijd om terug te komen, voordat alles hier van start gaat. Ik was al bang dat hij te laat zou zijn en gediskwalificeerd zou worden."

Trina zou als werknemer van Lombard ook best de wijnmakerij kunnen vertegenwoordigen, maar in de afgelopen jaren had het festival steeds meer vreemde regels bedacht om deelnemers te kunnen diskwalificeren. Een van die regels was dat de eigenaar van de wijnmakerij aanwezig moest zijn.

Dat herinnerde mij eraan dat ik hier ook niet zo maar voor de gezelligheid was. De afgelopen weken had ik over iedere deelnemer van het festival allerlei artikelen geschreven en nu moest ik zelf iedere wijn proeven en samen met de juryleden mijn eigen onbevooroordeelde mening geven. Soms was mijn beoordeling anders dan de officiële uitslag.

Eigenlijk was dat altijd wel zo.

Daarom had Desiree ook iets geïnsinueerd over Mams Witching Hour Red Merlot. Nou ja, zij was mijn baas niet en ik mocht schrijven wat ik zelf wilde. Bovendien zou ik niet eens liegen als ik lovende kritieken schreef over Antonio's heerlijke syrah. Daar had Desiree niets mee te maken.

Tyler kneep even in mijn hand. "Als die hele jurering en dit hele spektakel weer voor een jaartje achter de rug is, dan krijg je eindelijk je verrassing. Heb je al een beetje een idee?"

"Nee, want je geeft me ook geen enkele hint." Iedere keer als ik Tyler had gevraagd om een tipje van de sluier op te lichten, hield hij zijn lippen stevig op elkaar.

Mam lachte. "Ooh, Cen... je zal het helemaal geweldig vinden!"

"Jij weet ook al wat het is?" vroeg ik. "Wanneer mag ik het zelf weten?"

"Binnenkort," zei Tyler. "Heel binnenkort, toch, Ruby?"

"Geef me op z'n minst eens een aanwijzing!" zei ik.

Maar op dat moment zoemde Tylers telefoon. Hij luisterde naar de beller en op zijn gezicht verscheen een bezorgde uitdrukking. Toen hij antwoord gaf, keek hij naar mij en vervolgens naar Trina.

Met een bleek gezicht trok hij zijn sleutels uit zijn zak. "Dat was Antonio."

"Hopelijk heb je tegen hem gezegd dat hij moet opschieten," zei Trina. "Over vijf minuten zijn deze twee flessen wel leeg."

Tyler schudde zijn hoofd. "Vergeet het maar. Richard is dood. Hij ligt bij Lombard Wines in de wijnkelder."

HOOFDSTUK 10

"Ik moet gaan, Cen, kom maar met me mee." Tyler draaide zich op zijn hakken om en ik liep achter hem aan.

Ik had moeite om Tyler bij te houden toen hij met stevige pas de sporthal uitliep. Tijdens het lopen belde hij de politie van Shady Creek en vroeg om assistentie.

In Westwick Corners was Tyler de enige die ervoor moest zorgen dat de wet werd gehandhaafd, dus als er een ingewikkelde misdaad was gepleegd kreeg hij hulp van de recherche in Shady Creek. Dit was een wat grotere stad op ongeveer een uur rijden bij ons vandaan, dus het zou even duren voordat de assistentie er zou zijn. De recherche zou direct naar de wijnmakerij gaan.

Als gewone burger kon ik alleen maar morele steun bieden, maar ik was goed in het observeren van de situatie. Bovendien was ik journalist, dus als er een misdaad gepleegd was dan wilde ik daar toch ook meer van weten.

"Volgens Antonio is de brandweer er al," zei Tyler, terwijl we onderweg waren naar zijn Jeep. In ons kleine dorp was geen ambulancepost. Leden van de vrijwillige brandweer konden eerste hulp bieden en waren meestal als eerste aanwezig bij een ongeval. Ze werden vaker opgeroepen voor een medische noodsituatie dan voor een brand.

Het regende nu behoorlijk toen Tyler de Jeep van het slot haalde en mij gebaarde om op de passagiersstoel te gaan zitten.

Toen ik de auto instapte, zag ik dat de kap van Richards cabrio nog steeds open stond.

"Wacht!" Trina rende over het parkeerterrein. "Ik ga mee."

Voordat Tyler kon protesteren zat ze al achterin.

Bij het wegrijden van de parkeerplaats viel mijn oog op de enorme camper van tante Pearl. Ook al stond de luxe camper nu legaal geparkeerd, de uitschuifbare gedeeltes waren helemaal uitgeschoven, zodat de voetgangers en andere weggebruikers alsnog werden gehinderd.

En er was nog een probleem. Er stonden nu nog meer tafeltjes en stoelen, allemaal op de stoep. Tientallen mensen dromden eromheen, sommigen liepen over de weg. In een rode flits zag ik tante Pearl in haar glinsterende, met pailletten bedekte pak een theedoek over haar schouder gooien. Ze lag dus helemaal niet te slapen in haar camper. In plaats daarvan had ze het druk met drankjes serveren aan een tiental mensen. Een groot dienblad bleef ternauwernood balanceren op een van haar magere armen. Het dronken gestommel van daarnet was alleen maar een toneelstukje geweest.

Precies op dat moment keek ze me recht aan.

En net zo snel draaide ze zich om en probeerde mijn blik te vermijden. Ze voerde iets in haar schild, daar twijfelde ik niet aan. Maar wat het ook was, het zou moeten wachten.

Ik stak mijn nek uit om het beter te kunnen zien toen we langsreden. Zoals ik al had verwacht had ze een manier gevonden om snel geld te verdienen. Ik herkende de dozen die naast de camper stonden. Het waren de dozen van Mams Witching Hour Red Merlot en de syrah van Lombard Wines.

Geen wonder dat Antonio zonder wijn zat! Het was niet zo dat hij de wijn was vergeten, maar tante Pearl had alles in beslag genomen. Nu begreep ik ook waarom ze zo graag had willen helpen bij het bottelen van de wijn. Nu kon zij hem met winst verkopen, ten koste van Antonio en Mam.

Ik zuchtte. "Ze flikt het weer."

Tyler zuchtte eveneens. "Dit is de tweede keer dat ze de wet over-treedt. Ze heeft helemaal geen vergunning om alcohol te mogen verkopen."

Ook Trina draaide zich om toen we de camper voorbijreden. "Dat is onze wijn! Pearl heeft hem gewoon gestolen waar we zelf bij waren!"

"Het spijt me heel erg, Trina, ze is helemaal losgeslagen." Ik zuchtte weer, want ik wist dat niets haar kon stoppen.

"Ik kan er nu even niks aan doen," zei Tyler, "zij komt straks aan de beurt."

De dag was nog maar net begonnen, maar hoe veel criminaliteit kregen we nog te verduren?

HOOFDSTUK 11

*A*ntonio stond buiten bij Lombard Wines te wachten. Hij was doorweekt van de regen en zijn haar zat plat tegen zijn rode hoofd geplakt. Al mompelend ijsbeerde hij heen en weer.

De voorkant en de opgerolde mouwen van zijn witte shirt zaten vol bloedvlekken. Hij zwaaide wild naar ons en zijn handen en onderarmen waren donkerrood.

Vlak voor Antonio's vrachtwagen zette Tyler de auto stil.

Trina sprong uit de Jeep en rende met open armen naar Antonio.

"Stop, Trina! Dit is een plaats delict." Tyler rende achter Trina aan en greep haar bij een arm voordat ze Antonio kon aanraken. Hij zette zijn handen op haar schouders en hield haar tegen toen ze Antonio wilde omarmen. "Raak hem alsjeblieft niet aan."

"Oh. Oké." Trina deed haar armen omlaag en deed een stapje achteruit. "Antonio, wat is er gebeurd? Heb jij niks?"

Antonio schudde zijn hoofd. Hij trilde over zijn hele lichaam. "Richard ligt in de wijnkelder. Ik heb geen idee hoe hij daar is gekomen, want we hebben hem gisteren afgesloten en sindsdien ben ik er niet meer geweest."

Trina knikte. "Ik begrijp ook niet hoe Richard binnen heeft kunnen komen... Ik heb gezien dat Antonio vrijdagmiddag de kelder en de rest van het gebouw afsloot, Tyler. Antonio heeft de sloten zelfs dubbel gecontroleerd."

Tyler fronste. "Hoe laat was dat?"

"Vrijdag rond etenstijd, nadat Cen en Pearl waren weggegaan," zei Trina. "Gisteravond hadden we de wijn al in de truck geladen, dus vanmorgen hoefden we niet meer binnen in het gebouw te zijn."

"En hoe laat ben jij weggegaan, Trina?"

Trina bloosde. "Ik ben niet weggegaan. Ik ben hier vannacht gebleven en was de hele tijd samen met Antonio. Ik weet absoluut zeker dat de wijnmakerij en de kelderdeuren op slot zaten. Ik heb zelfs het slot van de wijnkelder dicht horen klikken."

"Antonio, wat is er gebeurd?"

"I-ik weet het niet. Ik ging naar beneden naar de wijnkelder en maakte met mijn pincode en vingerafdruk het slot open, zoals ik altijd doe. Ik ben naar binnen gegaan en toen vond ik Richard."

"Was de deur van de wijnkelder afgesloten toen je hier kwam? Daar ben je zeker van?"

Antonio knikte bevestigend.

"Gaat de deur automatisch op slot wanneer je hem dichtdoet?" vroeg Tyler.

"Ja. De pincode en vingerafdruk zijn alleen nodig bij het openen van de deur. Als de deur sluit, valt hij automatisch in het slot."

Tyler knikte. "Oké. Over een paar minuten praten we verder; wacht hier tot ik terug ben."

"Waar ga je heen?" vroeg Antonio.

"Naar de wijnkelder. Is de deur nog open?"

"Ja," zei Antonio zachtjes. "Er staat een wijnvat voor om de deur open te houden."

Vlak bij Antonio stonden twee brandweermannen. Hun brandweerauto stond een paar meter bij Antonio's wagen vandaan. De vrijwillige brandweer werd opgeroepen bij brand en bij medische noodgevallen. Het was wel duidelijk dat medische hulp niet meer nodig was.

Tyler wenkte de twee mannen mee naar de Jeep, buiten gehoorsafstand van Antonio en Trina. Ik liep met ze mee. Tyler hield me niet tegen.

Mark, de oudste brandweerman, zei zachtjes: "Hij ligt beneden in de wijnkelder. Meerdere steekwonden in de borst en nek."

"Weet je zeker dat hij is overleden?" vroeg Tyler.

Mark knikte bevestigend en slikte even. "Niemand had dat kunnen overleven. Richard is absoluut dood. Er was zo veel bloed dat ik hem niet eens had herkend voordat Antonio zei dat het Richard was."

Iedereen in het dorp had wel op de een of andere manier iets met Richard te maken. Hij was de directeur van de enige bank in het dorp en hij besloot of je hypotheekaanvraag of zakenlening werd goedgekeurd of afgewezen. Hij had dus veel macht over anderen en dat viel niet altijd in goede aarde. Ik wist niet wie hem dood zou wensen, maar wel dat veel mensen een hekel aan hem hadden. Antonio mocht dan een motief hebben, hij was zeker niet de enige.

Ik wilde wel wat meer weten over Richards verwondingen, maar het was Tylers onderzoek en ik wilde hem niet in de weg lopen. Het was natuurlijk een goed verhaal voor mijn krant, maar ik moest geduld hebben. Ik zou vast al snel wat meer te weten komen.

Sommige dingen waren wel duidelijk. Antonio was de hoofdverdachte, aangezien hij het lichaam had gevonden. Hij was op de plek van de moord en dat was ook nog eens op zijn eigen terrein. Bovendien werd Richard dood gevonden in een wijnkelder die alleen door Antonio zelf kon worden geopend.

Antonio had de middelen, het motief en de gelegenheid.

Ik zag de voorpagina van de krant al voor me en ik moest me inhouden om geen vragen te stellen. Het verhaal zou natuurlijk niet vanzelf worden geschreven, dus ik wilde zo veel mogelijk informatie zien te krijgen. Ik moest het artikel schrijven voordat de roddels een eigen leven gingen leiden in het dorp.

Tyler riep naar Antonio: "Antonio, je mag met niemand praten en raak niets of niemand aan."

"Word ik gearresteerd?"

"Op dit moment niet," zei Tyler en wendde zich weer tot de twee brandweermannen. "Verlies Antonio niet uit het oog. Houd hem hier totdat ik terug ben. De recherche van Shady Creek is onderweg. Ondertussen ga ik snel even binnen kijken; ik ben zo weer terug."

Tyler moest als enige agent in het dorp nu een keuze maken; hij kon niet tegelijkertijd de plek van het misdrijf onderzoeken en een verdachte ondervragen. Tenslotte was dat wat Antonio nu was: een verdachte. Ik hoopte maar dat er een andere verklaring was, want het zag er niet goed voor hem uit.

Trina en Antonio stonden dicht bij elkaar zachtjes te praten en gingen zo al direct tegen Tylers instructies in. Antonio kon er niet vandoor gaan, want zijn vrachtwagen werd geblokkeerd door Tylers Jeep. Op zich was het wel goed dat Trina er was, want hierdoor leek Antonio ook wat te kalmeren.

Tegen mij had Tyler niets gezegd, dus ik liep achter hem aan de wijnmakerij in. Ik moest bijna rennen om zijn grote passen bij te kunnen houden.

Hij draaide zich naar me om. "Cen, dit is een plaats delict. Ik denk niet dat je…"

"Maar ik was bij bijna elke plaats delict waar jij ook bent geweest. Ik moet hier een artikel over schrijven, dus ik kan net zo goed met je meegaan. Twee paar ogen zien meer dan een."

Tyler schudde zijn hoofd. "Nee, je mag geen gevoelige informatie openbaar maken."

Ik trok mijn wenkbrauwen op. "Je weet best dat ik niets publiceer zonder dat jij het hebt gelezen. Bovendien moet jij er ook niet alleen naar binnen gaan. Ik kan je helpen om te bevestigen wat je hebt gezien en bij het vastleggen ervan. Laat me op z'n minst hier blijven totdat de politie uit Shady Creek er is."

"Prima. Als je maar niets aanraakt." Tyler trok een zakje met latex handschoenen uit zijn zak en bood mij er een paar aan, die ik meteen aantrok. Ook hij trok ze aan en stopte het zakje weg.

We liepen de trap af in de warme gloed van de plafondlampen. De deur van de kelder stond open en in de kelder scheen gelig licht dat ons bijna leek uit te nodigen om binnen te komen.

Tyler stapte naar binnen en gebaarde dat ik met een wijde boog aan zijn rechterkant moest volgen.

Ik zag al snel waarom. Op de gladde betonnen keldervloer waren vaag wat bloederige voetstappen zichtbaar. De voetstappen werden donkerder en duidelijker naarmate we verder de kelder in liepen. Aan de grootte en print van de voetafdrukken te zien leken ze van hardloopschoenen van een man te zijn. De voetstappen leken een rondje te maken voordat ze verdwenen in grote bloedvlekken, die uitgesmeerd waren over de vloer. Te midden van al het bloed lag het lichaam van een man. Hij lag ruggelings op de vloer met een arm over zijn borst en de andere langs zijn zij. Zijn shirt was zo doordrenkt met bloed dat het onmogelijk was om de originele kleur te kunnen noemen.

Ook het gezicht van de man zat helemaal onder het bloed en was bijna niet meer te herkennen. Toch wist ik dat het Richard was, want zijn lengte en postuur waren onmiskenbaar. Op zijn armen waren ontelbaar veel wonden te zien, waarschijnlijk veroorzaakt door een poging om de aanvaller af te weren.

Richard had heel hard gevochten om zijn leven, maar had verloren.

Hij was veel erger toegetakeld dan nodig was geweest om hem te doden, dat kon ik zelfs zien. Wie de moordenaar ook was, hij moest razend geweest zijn en Richard hebben gehaat tot in het diepst van zijn hart.

Tyler hield zijn telefoon omhoog en dicteerde zijn bevindingen: "Meerdere steekwonden, borst en nek."

"Nog meer voetafdrukken," wees ik naar de gladde betonvloer. Er leken twee verschillende types te zijn, te zien aan de verschillende afdrukken. Sommige waren duidelijk, andere uitgesmeerd. Het tweede type bestond ook uit grote afdrukken, duidelijk van herenschoenen. Toen we binnenkwamen had ik de twee verschillende soorten gemist, maar ik was toen vooral bezig geweest om mezelf voor te bereiden op wat ik in de wijnkelder zou aantreffen.

"Eén paar schoenen van het slachtoffer, de andere van de moordenaar?" vroeg ik.

Tyler fronste. "Dat kan, maar dat betwijfel ik. Het slachtoffer zou na het verlies van zo veel bloed niet meer overeind staan. Ze zouden van de moordenaar en een handlanger kunnen zijn."

"Ik kan gewoon niet geloven dat Antonio dit heeft gedaan. Hoe heeft hij het kunnen doen? Hij is alleen vertrokken van het wijnfestival en belde ons ongeveer een kwartier later. Zou dat genoeg tijd zijn geweest om iemand te vermoorden? Richard is volgens tante Pearl vlak vóór Antonio vertrokken. Allebei met hun eigen auto."

"De handlanger van de moordenaar stond hier misschien al te wachten," zei Tyler.

Gelukkig was hij zo onbevooroordeeld om niet 'Antonio's handlanger' te zeggen.

Tyler dicteerde verder in zijn telefoon: "Geen sporen van braak of diefstal. Duidelijk veel woede tegenover het slachtoffer, gezien de vele steekwonden. Dit was echt persoonlijk bedoeld."

Ik knikte. "Richard was groot, die heb je niet zo maar op de grond, zelfs niet als je hem in een vlaag van woede verrast." Mijn hartslag ging omhoog toen me het voorval van gisteren te binnen schoot, waarbij Antonio woedend was geweest op Richard. Hij was de laatste tijd niet erg zichzelf geweest, maar iemand vermoorden zou hij echt niet doen.

Toch? Eigenlijk gedroeg hij zich de laatste tijd zo vreemd dat alles mogelijk was.

Tyler stopte zijn telefoon in zijn jaszak. "Je zou verbaasd staan over wat mensen allemaal doen als ze wanhopig zijn, Cen. Op dit moment wijst alles naar Antonio. Hij heeft Richard gevonden en volgens Pearls ooggetuigenverklaring reed hij vanaf het parkeerterrein van de school direct achter Richard aan. Dat zou ook betekenen dat Antonio waarschijnlijk de laatste is geweest die Richard nog in leven heeft gezien. Ik zou het ook liever anders zien, maar tenzij Antonio kan aantonen dat er nog anderen bij waren, is hij de enige die erbij betrokken is."

"Maar…"

"Ik moet me aan de feiten houden." Tyler gebaarde dat ik de trap op moest gaan. "Ga maar vast naar boven, ik kom er zo aan. Ik wil dit nog even filmen om later nog te kunnen bekijken."

"Doen de onderzoekers uit Shady Creek dat niet?"

Hij knikte. "Jawel, maar ik maak alvast een filmversie voor mezelf, zodat ik er meteen mee aan de slag kan. Het hele dorp zal van slag zijn, dus ik moet dit snel oplossen."

Ik liep de keldertrap op naar boven en wandelde door de wijnmakerij, voorzichtig de bloederige voetafdrukken vermijdend. De afdrukken werden minder duidelijk naarmate ze verder van de wijnkelder af liepen. Het tweede type was nauwelijks zichtbaar, op wat hielafdrukken na, net alsof deze persoon mank liep of ongelijk.

En er was nog iets anders. Gisteravond hadden we Antonio's vrachtwagen ingeladen, maar niet met de hele wijnvoorraad. Die paste niet helemaal in de truck, dus we hadden de rest tegen de muur in de wijnmakerij gezet. Maar nu was alles verdwenen.

Had tante Pearl zowel de wijn in de vrachtwagen meegenomen als de wijn die achtergebleven was? Dat zou betekenen dat ze zelf ook teruggegaan was naar de wijnmakerij. Was ze daarbij ook in de wijnkelder geweest?

Ik liep door de open deur naar buiten en inhaleerde de frisse lucht. Ik voelde Antonio's ogen op me gericht toen ik naar de mannen toe liep.

Hij zag er angstig uit, maar uit deze puinhoop kon ik hem echt niet redden.

HOOFDSTUK 12

Minuten gingen voorbij en de stilte was om te snijden. Er was nog zo veel wat ik Antonio wilde vragen, maar ik hield mijn mond. In plaats daarvan keek ik op het terrein rond en probeerde zo veel mogelijk informatie in mijn hoofd op te slaan. Het zag er allemaal hetzelfde uit als gisteren. Met mijn telefoon nam ik een filmpje van de wijnmakerij, met de gedachte dat er misschien later nog iets belangrijks op te zien zou kunnen zijn. Langzaam liep ik over het terrein, van de oprit naar de wijnmakerij en vervolgens naar Antonio's huis, dat ongeveer honderd meter verderop stond.

Na wat een eeuwigheid leek kwam Tyler ook naar buiten. Hij gebaarde naar Mark dat hij even bij hem moest komen bij de ingang van de wijnmakerij. De mannen waren buiten gehoorsafstand, maar Tyler had zijn telefoon vast en ik vermoedde dat hij een verklaring van Mark opnam. Na ongeveer vijf minuten kwamen de mannen weer naar ons toe. Zonder iets te zeggen liep Mark ons voorbij en ging bij de andere brandweerman staan, die nog bij de brandweer-wagen stond te wachten.

"Ik heb het gebouw veiliggesteld totdat de medische en misdaad-onderzoekers uit Shady Creek hier zijn. Dat zal wel niet lang meer duren," zei Tyler tegen mij en Antonio.

"Misdaadonderzoekers?" vroeg Antonio.

"Dat is het protocol als er iemand een onnatuurlijke dood is gestorven, Antonio."

Het was overduidelijk dat Antonio in shock was. Ik schopte wat tegen het grind en voelde me niet op mijn gemak.

"Oh." Antonio klonk zwakjes.

Ik keek even naar zijn voeten. Op zijn sneakers zaten bloedvlekken en ze leken ongeveer dezelfde maat als de voetstappen die ik in de kelder had gezien. Tenzij hij zijn voeten optrok, zou ik de zool niet kunnen zien. Ik tuurde naar een merk of een logo, maar zag niets vanwege de bloedvlekken. De misdaadonderzoekers zouden natuurlijk uiteindelijk ook wel vast kunnen stellen of de voetafdrukken van Antonio waren, maar ik wilde het nu eigenlijk al weten.

Ik sprong van schrik op bij het horen van dichtslaande deuren, maar het waren slechts de brandweermannen die weer in de auto waren gaan zitten.

Zwijgend keken we toe hoe de brandweerwagen startte en door het hek weer op weg ging naar het dorp.

Trina liep naar het toegangshek, in het spoor van de brandweerwagen. Ze voerde met zachte stem een telefoongesprek, alsof ze niet wilde dat iemand haar kon horen. Na een paar minuten rondjes lopen beëindigde ze het gesprek en stak haar telefoon terug in haar zak.

Zonder verder iets te zeggen kwam ze weer bij ons staan.

Tylers gezicht zag er onbewogen uit. "Vertel me eens wat er is gebeurd, Antonio."

Antonio raakte met bevende hand zijn met bloedvlekken bedekte gezicht aan. "Toen ik hier terugkwam om de wijn op te halen, viel me als eerste op dat de voordeur van de wijnmakerij open stond. Toen ik vanmorgen wegging was de deur dicht."

"Heb je vreemde geluiden gehoord, of iets anders gezien wat niet klopte?"

"Nee," zei Antonio. "Ik heb even rondgekeken, maar er was niemand binnen en alles leek normaal. Behalve dan de wijn die tegen de muur stond opgestapeld. Die was verdwenen.

Dus toen ben ik naar de wijnkelder gegaan om te zien of hier soms nog wat wijn stond die ik over het hoofd had gezien. Ik ging naar beneden, deed de deur van de wijnkelder open en ging naar binnen. Ik had het licht wel aangedaan, maar dat is niet zo heel fel en ik wilde snel zien of er nog wijn was, dus ik liep snel naar de stellingen aan het eind van de kelder. In eerste instantie had ik Richard niet eens gezien. Toen struikelde ik ergens over. Richard. Hij lag daar en hij was dood… Op de vloer van mijn wijnkelder!"

"Hm…" zei Tyler. "Dus de wijnmakerij was wel open, maar de kelder zat dicht?"

Antonio knikte. "Het was heel vreemd, maar ik vermoedde dat er inbrekers waren geweest en dat het ze niet was gelukt om de kelderdeur open te krijgen en dat ze toen zijn weggegaan."

"Had je niet gezien dat er overal bloed lag?"

Antonio schudde van nee. "Nee, want in de wijnmakerij lag geen bloed, alleen in de kelder. Maar ik was zo gefocust op het halen van de wijn dat ik niet erg om me heen gekeken heb."

"Goed… en toen heb je Richard gevonden. Hoe wist je zeker dat hij dood was? Heb je zijn pols gevoeld?"

"Dat heb ik wel geprobeerd. Maar ik zag dat hij niet meer bewoog en dat zijn borst niet op en neer ging. Ik weet niet eens hoe ik het zeker wist… maar ik wist het. Er was ook zo veel bloed dat ik niet dacht dat hij…"

Antonio's verklaring paste niet bij zijn kleren, die vol bloedvlekken zaten. Als hij niet veel meer had kunnen doen en Richard al niet meer leefde, waarom zat hij dan onder het bloed?

"Hoe veel tijd zat er tussen het moment dat je Richard vond en om hulp ging bellen?" vroeg Tyler.

"Niks. Ik ben naar buiten gerend, want ik was bang dat degene die Richard had vermoord nog steeds in de buurt was. Ik rende naar het hek en heb eerst de brandweer gebeld, en jou daarna." Antonio sprak met schorre stem. "Had ik iets anders moeten doen?"

Tyler gaf geen antwoord.

"Weet je zeker dat de kelder niet open was toen je wegging, Antonio?" vroeg ik. "Vertel Tyler over je geavanceerde veiligheidsslot."

"Een paar maanden geleden heb ik een nieuw veiligheidsslot laten installeren. Het werkt met een combinatie van een pincode en mijn vingerafdruk, een biometrisch slot dus. Het zou een inbraak moeten voorkomen, maar toch is er iemand binnengekomen."

Ik legde vlug aan Tyler uit hoe het nieuwe biometrische slot van de wijnkelder werkte en dat het slot alleen maar open ging wanneer de juiste combinatie werd gebruikt: de correcte pincode en Antonio die zijn vingerafdruk tegen de sensor hield.

Tyler fronste. "Is zo'n biometrisch slot niet wat overdreven voor zo'n klein dorp als dit?"

"Blijkbaar niet," reageerde Trina. "Dat zie je aan Richard. Die is op de een of andere manier ook binnengekomen, toch?"

"Zijn er nog meer mensen die toegang hebben, Antonio?" vroeg Tyler. "Trina? Jose?"

Antonio schudde zijn hoofd. "Alleen ik. Jose wilde het eigenlijk niet, want hij was bang dat iemand zijn vinger zou afhakken, of zo. Natuurlijk was dat alleen maar een excuus, want als hij de kelder niet in kon, kon hij er ook niet werken."

Tyler trok een wenkbrauw op. "Maar Jose is toch ook eigenaar van de wijnmakerij. Hoe kan het dat hij dan zelf geen toegang heeft tot de wijnkelder?"

Antonio haalde zijn schouders op. "Jose kon de kelder niet meer in sinds een maand geleden het nieuwe slot is geïnstalleerd. Ik heb geprobeerd met hem af te spreken en te regelen dat hij ook toegang kon krijgen met zijn eigen pincode en vingerafdruk, maar hij verzon iedere keer een smoes. Hij had geen tijd of was weg. Hij zei wel dat hij het zou regelen, maar dat gebeurde niet."

"Trina had ook geen toegang tot de kelder?"

"Nee," zei Antonio. "Dat wilde Jose niet hebben."

Trina kromp even in elkaar. Duidelijk beschaamd keek ze opzij.

"Waarom niet?" vroeg Tyler. "Trina werkt fulltime voor jullie. Is het niet een beetje riskant om de toegang te beperken tot slechts één persoon? Wat als er iets met jou gebeurt?"

"Dat heeft meer met Jose te maken dan met Trina," verklaarde Antonio. "Hij vindt dat Trina zich meer als directrice gedraagt dan als een werknemer. Ik waardeer het juist dat ze met ons bedrijf omgaat alsof het van haarzelf was. Ze neemt goede beslissingen en ze heeft me al vaker dan ik me kan herinneren uit de puree gehaald. Ik zou niet zonder haar kunnen. Jose laat me altijd in de steek en op Trina kan ik wel rekenen. Ik weet ook niet waarom ik altijd alles maar pik van hem. Trouwens, als de installateur maandag komt, dan zorg ik dat Trina ook toegang krijgt tot de wijnkelder, of Jose het nu leuk vindt of niet."

"Maandag heeft de bank het misschien wel voor het zeggen," hielp ik Antonio herinneren. "Bovendien is hier nu een moordonderzoek bezig. Je krijgt nu echt geen toestemming om toegangscodes voor de wijnkelder aan te passen. Waarschijnlijk mag je niet eens het lampje vervangen. Alles wordt gezien als bewijsmateriaal en alles moet precies in dezelfde staat blijven als het nu is."

"Cen heeft gelijk," zei Tyler. "Alles ligt voorlopig stil."

"De inbeslagname ook?" Trina keek hoopvol.

"Voorlopig mag niemand de wijnmakerij in." Tyler zei tegen Antonio: "Nog één ding: je zal een tijdje ergens anders moeten wonen."

Ik vroeg me af hoe de bank na de inbeslagname toegang zou kunnen krijgen tot de kelder. Zou de bank Antonio kunnen dwingen om met zijn vingerafdruk de kelderdeur open te maken? Of zouden ze de deur op de een of andere manier kunnen verwijderen?

Antonio dacht waarschijnlijk hetzelfde. "Zorg ervoor dat de deur van de wijnkelder open blijft staan. Als hij dichtvalt, krijgt niemand hem meer open. De scharnieren zitten aan de binnenkant, dus daar kan niemand mee rommelen."

"Alles kan kapot. Met het juiste gereedschap..." Ik stopte met praten. Met wat toverspreuken als gereedschap zou de deur misschien wel open kunnen. Dat kon ik niet ontkennen, hoe verontrustend die gedachte ook was.

"Was je van plan om ergens naartoe te gaan, Antonio?" Tyler keek hem strak aan.

"Nee, natuurlijk niet," zei Antonio. "Maar als ik zelf niet op mijn eigen terrein word toegelaten, dan heb je een reserveplan nodig voor het slot."

Tyler schraapte zijn keel. "En dat zegt de man zonder reserveplan.

85

Alles wijst er nu op dat jij degene bent geweest die het slot heeft geopend, Antonio. Als je iets weet waaruit blijkt dat dat niet zo was, dan is nu de tijd om het mij te vertellen."

"Vraag het aan SecureTech, de installateur," zei Antonio. "Maandag zou er een monteur komen om het lampje te vervangen en hij zou ook een nieuwe handleiding meenemen. Je zou met hem kunnen praten."

"Dat duurt te lang," zei Tyler. "Ik bel ze en vraag of ze direct kunnen komen."

Antonio schudde zijn hoofd. "Op zaterdag komen ze echt niet langs. Ze zitten een uur hier vandaan en zijn tot maandag gesloten. In het weekend kun je er ook niemand bereiken."

"Schrijf hier jouw pincode op." Tyler gaf Antonio zijn notitieboekje en pen. Antonio schreef de code op en gaf de pen en het boekje terug. "Ik ga ook bij Jose zijn kant van het verhaal navragen."

"Moet je doen. Hij is nu wel een paar dagen weg om de wijnbestellingen te bezorgen," zei Antonio.

Tyler fronste. "Oké. Ik spoor hem wel op."

"Ik heb hem net gebeld," zei Trina. "Hij is omgekeerd en weer onderweg naar huis."

"Volgens jou, Antonio, ben jij de enige die naar binnen kan," zei Tyler. "Toch zie ik geen inbraaksporen."

"SecureTech heeft het een en ander uit te leggen," zei Antonio. "Zij hebben me verzekerd dat hun technologie onfeilbaar is; zelfs het kopiëren van mijn vingerafdruk zou niet werken. Ik begrijp echt niet hoe iemand binnen heeft kunnen komen."

"Ik ook niet," zei Tyler afgemeten. "Tenzij Richard op de een of andere manier zelf de deur open heeft gekregen en achter zich heeft dichtgedaan. En daarna zelfmoord heeft gepleegd."

Antonio haalde zijn schouders op. "Ik dacht ook dat het niet kon, maar toch lag hij daar. Met mijn voet raakte ik iets zwaars en toen verloor ik mijn evenwicht. Ik viel bovenop hem. Hij voelde op de een of andere manier eh… log en levenloos aan. Ik weet niet hoe ik het moet uitleggen, maar hij bewoog niet en maakte ook geen geluid toen… " Antonio rilde en hield even zijn adem in. "Ik weet zeker dat ik de wijnkelder had afgesloten, Tyler. Trina had je dat ook al verteld, dus zij kan het bevestigen."

Tyler vroeg hem: "Ben je vanmorgen niet meer in de wijnkelder geweest? Ook niet om even een paar extra flessen voor het wijnfestival te halen?"

Antonio schudde nee. "Nee. Cen en Pearl hebben me vrijdagmiddag geholpen om de wagen vol te laden, zodat ik dat vanmorgen niet meer hoefde te doen. Ik was helemaal klaar, in ieder geval totdat ik op het wijnfestival kwam en ontdekte dat er geen wijn was."

Van schrik hield ik mijn adem in. Aangezien tante Pearl ineens alle wijn van Antonio leek te hebben, lag het voor de hand dat zij in de wijnmakerij geweest was, en misschien ook wel in de wijnkelder. Ze was erg geïnteresseerd geweest in het slot van de kelderdeur en ze hield wel van een uitdaging. Zou hekserij de vingerafdrukscan kunnen omzeilen? Als dat zo was, dan zouden behalve Antonio ook anderen de deur van de wijnkelder hebben kunnen openen.

Wie weet. Dat moest ik uitzoeken.

"Hoe kan het dat je niet ontdekt had dat er geen wijn meer was vóórdat je op het festival kwam?" vroeg Tyler. "Had je niet gezien dat de vrachtwagen was opengebroken?"

Nee, schudde Antonio met zijn hoofd.

Het terrein van Lombard Wines was met een toegangshek afgesloten. We hadden de dozen met wijn in de vrachtruimte van de truck geladen. Ik had zelf gezien dat Antonio de wagen had afgesloten, toen we vrijdag aan het einde van de middag klaar waren met inladen.

Ik vroeg aan Antonio: "De wagen zat helemaal vol, met zeker vijftig dozen wijn. Had je helemaal niet door dat ze weg waren?"

"De wijndozen waren niet weg. Ik bedoel, de dozen stonden er nog, maar ze waren allemaal leeg. Alle flessen waren weg. Ik realiseerde me pas dat de dozen leeg waren, toen ik ze op het wijnfestival wilde uitladen. Alle wijn uit de truck was weg. Maar de wijnmakerij was afgesloten geweest toen ik weg ging. Net als mijn vrachtwagen. Ik begrijp er echt niets van."

"Ik tel al vier sloten ondertussen," zei Tyler. "Het toegangshek, de wijnmakerij, de wijnkelder en je truck."

"Het is één groot raadsel," beaamde Antonio.

Tante Pearl had wel een en ander uit te leggen. Zou ze op z'n minst toegeven dat ze Antonio's wijn had meegenomen? Wat zij bij de wijnmakerij had uitgespookt, zou ook nog andere verdachten aan het licht kunnen brengen. Het was in elk geval duidelijk dat ze had ingebroken in zijn vrachtwagen. Had ze op de een of andere manier ook het biometrische slot gekraakt? Als ze niets zou opbiechten, zag het er erg somber uit voor Antonio.

"Wie hebben er allemaal sleutels van het toegangshek?" vroeg Tyler.

"Trina en Ruby West hebben allebei sleutels van het hek en de wijnmakerij, maar kunnen niet in de wijnkelder. En Jose natuurlijk, maar die is de stad uit," zei Antonio. "Hij hoeft zijn eigen wijn niet te stelen. Maar er zijn wel dingen die ik verdacht vind, eigenlijk. Ik hoorde dat Pearl West op straat bij het wijnfestival mijn wijn aan het verkopen is vanuit haar camper. Ik heb haar niets van mijn wijn gegeven, dus waar heeft ze die vandaan?" Antonio keek mij aan. "Wilden jullie mij gisteren daarom zo graag helpen? Zodat jullie 's-nachts mijn wijn konden stelen?"

Zijn beschuldiging trof me diep. "Natuurlijk niet! Ik wilde je helpen en tante Pearl stond erop dat ze met me mee ging. Ik kan natuurlijk niet voor haar spreken, maar waarschijnlijk dacht ze je te kunnen helpen, op haar eigen vreemde manier."

Eigenlijk geloofde ik dat niet meer, maar ik wist ook niet meer wat ik moest zeggen. Je kon tante Pearl van een hoop dingen beschuldigen, maar stelen deed ze niet. Tenminste, niet dat ik wist. Aan de andere kant had ze makkelijk Mams sleutel van het toegangshek kunnen gebruiken en dat ze nu Antonio's wijn zonder zijn toestemming aan het verkopen was, dat was een feit.

Technisch gezien had ze Antonio's wijn niet hoeven stelen. Ze kon gewoon nieuwe wijn tevoorschijn toveren, hoewel geld verdienen met behulp van hekserij wel heel erg tegen de regels van de WICCA was, de *Witches International Community Craft Association*. Afgelopen Kerst had tante Pearl ook al een officiële waarschuwing van de WICCA gehad. Ze kon zich er niet nog een permitteren, want dan zou ze worden geschorst.

Dus in plaats van het toepassen van hekserij, had ze zelf Antonio's wijn meegenomen. Ze had de dozen leeggehaald, zodat de diefstal pas later ontdekt zou worden. In plaats van het schenden van de WICCA-regels, had ze een misdaad gepleegd. Tante Pearl was een dief en ik benijdde Tyler niet dat hij haar zou moeten arresteren.

Toch had tante Pearl zich vroeger ook niet laten tegenhouden door waarschuwingen van de WICCA. Ze vond het wel grappig om regels te overtreden. Eigenlijk deed ze niets liever. Ze wist heel goed dat als ze Antonio's wijn zou meenemen, hij op het wijnfestival in de problemen zou komen. Haar bemoeienis was ofwel baldadigheid die nogal verkeerd was getimed, of iets veel ernstigers. Omdat Antonio geen wijn had, moest hij terug naar de wijnmakerij, waar hij Richard vond.

Dat tante Pearl beweerd had dat ze Antonio graag wilde helpen om zijn wijn te bottelen, was alleen maar eigenbelang geweest. Ik zou niet weten wat ze anders voor verklaring kon hebben. Maar ik wilde eerst met haar praten voordat ik mijn vermoedens uitsprak tegen Tyler.

Voorlopig zaten we nu midden in een moordonderzoek, dus het moest heel even wachten.

Antonio gebaarde tijdens het praten met zijn armen, waardoor verschillende wonden op zijn onderarmen zichtbaar werden, alsof hij had gevochten.

Tyler zag ze ook. "Hoe is dat gebeurd?"

"Ik heb mijn armen opengehaald aan het hek toen ik vanmorgen terugkwam bij de wijnmakerij en het hek openmaakte. Mijn shirt zat vast in het prikkeldraad. Toen ik mezelf los probeerde te trekken, verloor ik mijn evenwicht en viel met mijn armen in het prikkeldraad. De wonden zijn zo diep dat ze maar blijven bloeden."

Trina fronste, maar zei niks.

"Is dat zo?" Tyler keek naar de oprit, maar de misdaadonderzoekers uit Shady Creek waren er nog steeds niet. Hij ging weer verder tegen Antonio. "Had jij gevraagd of Richard hier wilde komen, of andersom?" Tylers ogen vernauwden zich tot spleetjes terwijl hij Antonio's reactie probeerde te peilen.

"Geen van beide... we hadden geen afspraak. Ik heb hem niet gebeld en hij mij ook niet. Toen ik hier kwam, was het hek afgesloten, precies zoals ik het had achtergelaten. Zijn auto zag ik ook niet. Ik verwachtte ook niemand op het terrein, en zeker Richard niet. Hij zou, net als ik, op het wijnfestival moeten zijn. Tenslotte was hij een van de juryleden."

"Is je verder nog iets opgevallen wat niet klopte?"

Antonio schudde zijn hoofd. "Nee. Ik had haast om terug te gaan naar het wijnfestival, want Trina stond in haar eentje bij de kraam. Ik ben naar binnen gegaan en daarna direct door naar de wijnkelder."

"En op dat moment was je alleen?" vroeg Tyler.

"Natuurlijk was ik alleen. Je weet toch dat Trina op het festival was achtergebleven."

Tyler knikte. "Je had hier met niemand afgesproken?"

"Hoe vaak moet ik het nog zeggen, Tyler? Ik was alleen en had hier met niemand afgesproken. Richard was hier gisteren al geweest om me te vertellen dat de bank alles in beslag zou nemen. Toen is hij weggegaan. Ik zou moeten betalen en als ik dat niet deed, dan was ik alles kwijt. Er was verder geen reden waarom Richard hier zou moeten zijn. Hij moest op het wijnfestival zijn, want hij zou bijna beginnen met het beoordelen van de wijnen. Ik heb geen idee wat hij hier te zoeken had."

"Het wijnfestival is hier maar een paar minuten rijden vandaan," zei Tyler. "Tijd genoeg om even snel iets belangrijks te bespreken. Zoals het kwijtraken van je huis en je wijnmakerij."

"Dat is niet wat er is gebeurd!" Antonio begon uit frustratie steeds harder te praten. "En ik ben nog niks kwijt."

"Nee, maar het scheelt niet veel. Misschien heb je Richard gebeld om te overleggen over uitstel of een betaling in termijnen?"

Antonio stak zijn hand op uit protest. "Dat had ik al geprobeerd, maar hij wilde nergens van weten. Vraag Cen maar. Zij was hier gisteren ook toen Richard me het ultimatum gaf. Betalen, of anders neemt de bank alles in beslag."

"Richard had tegen Antonio gezegd dat hij tot maandag de tijd had," beaamde ik.

We konden er niet omheen dat Antonio wel een heel duidelijk motief had om Richard te vermoorden. De Antonio die ik kende, zou geen geweld gebruiken. Maar naarmate zijn financiële problemen erger werden, was hij zelf ook veranderd. Uit wanhoop doen mensen soms vreemde dingen.

Toch geloofde ik niet dat Antonio een koelbloedige moordenaar was geworden.

Tenzij...

Wat als tante Pearls liefdesspreuk onbedoeld wat extra bijwerkingen had? Liefde zou iemand tot goede én slechte daden kunnen aanzetten. Antonio hield veel van zijn wijnmakerij en die zou bijna van hem afgepakt worden.

Misschien had tante Pearl wel een tweede spreuk over hem uitgesproken waar ik niets van wist. En belangrijker nog: als er door middel van hekserij met het biometrische slot was geknoeid, hoe ging ik dat dan bewijzen? Dat moest ik op de een of andere manier uit zien te vinden.

Ik vroeg aan Antonio: "Als jij de enige was die de wijnkelder open kon maken, wat was dan je back-up plan voor als er iets met jou zou gebeuren? Daar heb je vast over nagedacht. Anders kon niemand de wijnkelder meer in."

Antonio knikte naar Trina. "Ik had het plan om Trina toegang te geven, maar omdat Jose daar bezwaar tegen had, had ik nog geen ander plan gemaakt. Ik weet dat het stom klinkt achteraf." Antonio leunde met zijn rug tegen het gebouw en zag er doodmoe uit. Hij liet zich omlaag zakken totdat hij met zijn benen uitgestrekt op de grond zat.

Tyler zei niets.

Dat hoefde ook niet, want we dachten allemaal hetzelfde.

Antonio verbrak de stilte. "Jullie denken dat ik de enige ben die dit heeft kunnen doen."

"Ik zeg niet dat je het wel of niet gedaan hebt, Antonio," zei Tyler. "Ik probeer op dit moment de feiten te verzamelen. Maar op basis wat je me tot nu toe hebt verteld, kan niemand anders de wijnkelder in behalve jij. Dus niemand anders dan jij zelf kan Richard binnengelaten hebben."

"Ik zweer dat ik Richard niet heb vermoord. Er moet een andere logische verklaring voor zijn."

Antonio had niets gezegd over het tweede spoor voetafdrukken. Of hij had ze zelf niet gezien, of hij vermoedde dat wij ze niet hadden gezien.

"Is er een manier om de vingerafdruk te omzeilen?" vroeg ik. "Wat als de stroom uitvalt? Blijft je vingerafdruk in het geheugen zitten, of wordt het slot gereset?"

Antonio schudde zijn hoofd. "De instellingen blijven in het geheugen staan. Volgens SecureTech zit er een reservebatterij in, dus er wordt niets gewist."

Tyler vroeg aan mij: "Cen, kun jij meer zien te vinden over de fabrikant van het slot?"

Ik knikte. Ook al hielpen de medische en technische misdaadonderzoekers uit Shady Creek bij de zwaardere misdaden in Westwick Corners, de leiding over het hele onderzoek bleef bij Tyler, tenzij hij formeel om hulp vroeg en dat zou hij alleen doen als het niet anders kon.

"Heb je iets in de wijnmakerij of in de wijnkelder aangeraakt?" vroeg Tyler.

Antonio knikte bevestigend. "Het lichtknopje bovenaan de trap naar de kelder, de trapleuning... eh, van alles. Alles ging ook zo snel."

Ik wees naar zijn bebloede handen en shirt. "Dat bloed..."

"Ik viel bovenop hem. Dit moet toen gebeurd zijn, en toen ik weer opstond. En ik had natuurlijk ook mijn armen opengehaald aan het prikkeldraad..."

Tyler krabde even aan zijn kin. "Hmm... dus het bloed was redelijk vers. Hij lag er nog niet lang."

"Heb je ergens bewakingscamera's hangen, Antonio?" vroeg Tyler.

"Aan de buitenkant van het gebouw hangt een camera, maar die is al ongeveer een jaar kapot. Ik ben er nog niet aan toegekomen om hem te vervangen."

"Dat kwam de moordenaar vast wel goed uit," zei Tyler.

Ik vond het vreemd dat Antonio de camera niet had vervangen voordat hij zo'n duur hightech slot had laten plaatsen. Een slot was misschien een beter middel tegen criminelen dan camera's, want die hielden hen niet tegen en lieten de misdaad pas zien als die al was gepleegd. Toch leek het veiligheidsslot van de wijnkelder een beetje overdreven. In ons kleine dorp werd zelden iets gestolen. Hoewel, tante Pearl had wel net Antonio's wijn gejat. Ze was ook niet tegengehouden door het afgesloten toegangshek, maar dat zou ook geen probleem moeten zijn voor een heks. Daarmee was ze nog geen moordenaar, maar het betekende wel dat ze net als Antonio overal in kon. Had ze met wat magie het feilloze slot van SecureTech weten open te krijgen? Als dat zo was, dan was misschien ook iemand anders dan Antonio de wijnkelder in geweest.

Die gedachte was aan de ene kant een geruststelling, maar aan de andere kant kreeg ik het er doodsbenauwd van.

HOOFDSTUK 13

*D*e middag was al begonnen toen Tyler me bij mijn kantoor afzette, zodat ik wat meer onderzoek kon doen naar het SecureTech-slot van Antonio. Tyler ging vervolgens op weg naar de Harcourt Ranch om Valerie, Richards vrouw, in te lichten. Niet iets waar ik hem om benijdde.

Mijn benen voelden zwaar aan toen ik de trap op ging naar mijn kantoor. Dit weekend verliep zo anders dan ik had verwacht. Een leuke dag bij het wijnfestival en daarna de beloofde verrassing van Tyler, ze waren in rook opgegaan. In plaats daarvan zaten we met een moordonderzoek en allerlei vervelende toestanden met onze buurman en vriend. Hoe was alles ineens zo misgegaan?

De politie van Shady Creek had Antonio meegenomen naar hun hoofdbureau een uur rijden hier vandaan, waar DNA-monsters en zijn vingerafdrukken werden afgenomen. Ook zijn kleding, schoenen, huid en vingernagels zouden worden onderzocht op forensisch bewijs. Naar aanleiding van de voorlopige resultaten hiervan zou Antonio worden vrijgelaten, of worden vastgehouden tot Tyler kon langskomen.

Tyler was in ons dorp de enige agent en kon niet op meerdere plekken tegelijk zijn, dus daarom moest de recherche van Shady

Creek wel het forensisch onderzoek uitvoeren. Bovendien kenden Antonio en Tyler elkaar goed. Zeker omdat ze vrienden waren, was het logisch dat een derde partij het forensische bewijs verzamelde. Zo bleef het onderzoek onpartijdig, wat belangrijk kon zijn als Antonio in staat van beschuldiging zou worden gesteld voor de moord op Richard.

Ik zette mijn computer aan en zocht naar meer informatie over SecureTech. Al snel kwam ik op een website met foto's van verschillende sloten. Sommige werkten met sleutels of met een cijfercombinatie en er waren er ook met biometrische veiligheidskenmerken, zoals het slot van Antonio. Ik herkende het slot van Antonio direct, maar in de beschrijving stond niet veel meer informatie dan dat het slot heel geavanceerd was. Op de website stond verder alleen contactinformatie voor kopers, maar ik herinnerde me dat Antonio maandag een afspraak had staan met een monteur. Dat zou te lang duren, dus ik moest iets creatiefs verzinnen. Ik zou ofwel een monteur moeten vinden die eerder kon komen, of een handleiding moeten vinden waarin de technische details van het slot werden uitgelegd.

Rond drie uur die middag kwam Tyler terug van de Hancourt Ranch.

Hij stapte naar binnen en liet zich langzaam zakken op de stoel naast mijn bureau. Hij zag er vermoeid uit. Ik vertelde hem wat ik had gevonden over Antonio's luxe slot en dat hij maandag een afspraak met de monteur had.

"Dat duurt te lang. Ik zal proberen achter het nummer te komen van de monteur, zodat hij eerder kan komen," zei Tyler.

"Hoe ging het met Valerie?"

"Ze was er niet," zei hij. "Maar de schoonmaakster wel. Volgens haar was ze al de hele ochtend aan het paardrijden en ze had haar mobiele telefoon niet bij zich, dus we kunnen haar niet bereiken. Ik heb tegen de schoonmaakster gezegd dat Valerie me direct moet bellen zodra ze thuiskomt. Hopelijk is dat al snel, want ik weet niet hoe lang we dit stil kunnen houden."

"Je hebt de schoonmaakster nog niets verteld over Richard?"

Tyler schudde zijn hoofd. "Ik heb alleen gezegd dat het heel erg dringend was."

Hij keek even op zijn horloge. "We moeten terug naar het wijnfestival. Ik hoop dat er nog niets over Richard naar buiten is gekomen. Hoe dan ook, iedereen moet daar weg zijn zodra de alcoholvergunning vanmiddag om vijf uur verloopt."

Door alles wat er was gebeurd, was ik het hele wijnfestival al bijna vergeten. Was tante Pearl nog steeds bezig om Antonio's wijn te verkopen? Vast wel. Ik greep mijn tas en mijn sleutels.

Tyler volgde me mijn kantoor uit en wachtte in de hal totdat ik de deur achter me had afgesloten. Buiten waaide een stevig briesje.

Het was inmiddels opgehouden met regenen en af en toe kwam de zon tevoorschijn achter de snel voorbijwaaiende wolken.

"Valerie zou ook een verdachte kunnen zijn," zei ik. "Ze heeft een motief en geen alibi. Ik heb gehoord dat ze wilde scheiden."

"Misschien," zei Tyler en hij wachtte even. "Maar ze heeft geen toegang tot de wijnkelder."

"Iedereen zal zich wel afvragen waar Richard is gebleven," zei ik terwijl we naar Tylers Jeep liepen. "Hij is al uren weg. Ik vraag me af of het jureren van de wijn is doorgegaan zonder hem."

"Daar maak ik me wel zorgen om," zei Tyler. "Het hele dorp is nu waarschijnlijk al dronken. We moeten zorgen dat de jurering wordt afgerond en het festival wordt beëindigd. Ik wil niet dat op het festival bekend wordt wat er is gebeurd. Later vanavond wil ik pas het nieuws bekendmaken, want met zo'n dronken mensenmassa gaat alles vast flink uit de hand lopen."

"Afgezien van het slot, denk je niet dat dit heel gunstig is voor Valerie?" vroeg ik. "Bij een scheiding zou ze van alles de helft krijgen. Nu Richard dood is krijgt ze alles, zonder ervoor te hoeven strijden."

"Klopt," zei Tyler. "Ze heeft zeker een motief. En gezien de ernst van de steekwonden, kende de moordenaar het slachtoffer. Meerdere wonden waren dodelijk, wat wijst op een persoonlijke vendetta. Maar als Valerie het heeft gedaan, waarom dan nu? Ze had al gezegd dat ze wilde scheiden. Meestal is degene die wil scheiden het slachtoffer en niet andersom. En waarom zou ze hem in Antonio's wijnkelder vermoorden?"

"Misschien was er na al die jaren iets bij haar geknapt." Ik had Valerie nooit eerder haar zelfbeheersing zien verliezen en ik geloofde ook niet dat ze in staat was tot zo veel geweld. "Ze past twee keer in hem. Het is onmogelijk dat ze sterker was dan hij. Als ze er al iets mee te maken had, dan moet ze hulp gehad hebben."

Daar was Tyler het mee eens. "Misschien had ze iemand inge- huurd. Maar ze had geen sleutel of code om de wijnkelder in te kunnen. En toch, als Richards echtgenote is ze ook een van de hoofd- verdachten, totdat we haar kunnen uitsluiten. Zodra ze thuiskomt ga ik haar ondervragen. Als ze tenminste thuiskomt. Laten we onder- tussen teruggaan naar het wijnfestival en kijken of we de boel daar snel tot een einde kunnen brengen."

HOOFDSTUK 14

oen we bijna bij de school waren keek ik op mijn horloge. Over minder dan een uur zou het wijnfestival afgelopen zijn. Als de jurering tenminste volgens schema was verlopen, ondanks Richards afwezigheid. Desiree zou het er natuurlijk niet mee eens zijn, maar haar bezwaren zouden door iedereen overstemd worden.

Desiree's waanzinnige concurrentiestrijd sloeg nergens op, want anders dan bij andere wedstrijden leverde deze wijncompetitie geen geldprijs op. Er was alleen een trofee te winnen en het recht om een jaar lang 'Winnaar Westwick Wijnfestival' op je wijnlabels te plakken. Er stond niet heel veel op het spel, tenzij je een wijnmaker was die niet kon winnen op belangrijkere wijnwedstrijden. In theorie kon daarom ook best een slechte wijn winnen.

"Tyler, als door Richards afwezigheid de verloop van de wedstrijd wijzigt, zou dan ook een van de andere plaatselijke deelnemers erbij betrokken kunnen zijn?"

Tyler staarde naar de weg voor ons, terwijl we de school naderden. "Bedoel je andere deelnemers dan Antonio? Ja, dat kan, denk ik. Maar Antonio heeft een motief dat weinig te maken heeft met de wedstrijd, maar alles met zijn financiële situatie."

Mam, Antonio en Desiree waren de enige plaatselijke deelnemers en het Westwick Corners Wijnfestival was zo ongeveer de minst belangrijke van een tiental wijnwedstrijden van onze staat Washington. Dan waren er nog wat deelnemers uit de omgeving die alleen maar meededen met ons festival als er geen andere belangrijkere wedstrijden waren die dag. En er waren nog een tiental andere wijnmakers voor wie winnen niet belangrijk was, maar die er alleen maar waren om meer wijn te verkopen. Voor hen deed het er niet eens toe of Richard leefde of niet.

"Dat Desiree elk jaar de 'Wijn van het Jaar' wint, komt door Richard," zei ik. "Zij heeft geen reden om hem te vermoorden. Het is zelfs zo dat hij levend belangrijker voor haar is dan dood. Ze heeft al vijf jaar een verhouding met hem en hij stond op het punt om te gaan scheiden. Ze zou juist eindelijk krijgen wat ze wilde."

"Nou, dan blijft er behalve Antonio nog maar één andere deelnemer over die graag wil winnen, en dat is Ruby."

"Niet waar! Mam heeft juist een hekel aan wedstrijden en ze wilde niet eens meedoen! Tante Pearl heeft haar aangemeld zonder dat ze het wist!"

Tyler lachte. "Ja, dat weet ik, Cen. En Ruby en Desiree waren de hele tijd op het festival, met een heleboel getuigen. Maar dat zal ik natuurlijk nog wel een keer checken. Ik kan me herinneren dat toen Antonio belde, ik ze allebei op het festival zag. En Pearl was bezig met haar straatverkoop. Het lijkt erop dat iedereen een alibi heeft, op Antonio na."

Als bij toverslag verschenen ineens allerlei borden met knipperende neonlichten langs de weg. Elk bord had een andere kleur en leek als een soort hologram in de lucht te zweven.

"Krijg nou..." Tyler gaf een ruk aan het stuur om een bord met heldergroen neonlicht te ontwijken dat ineens vanaf de zijkant van de weg zijn vooruit blokkeerde.

Je nadert de wijn

"Kijk uit!" Ik greep de deurknop toen Tyler hard remde. De auto slipte even opzij en reed toen weer verder. "Dat scheelde niks!"

"Houd je vast!" Tyler trapte de rem hard in en reed langzaam verder toen een tweede bord, deze felroze, boven het dak van de Jeep zweefde.

De beste lokale wijn

Het knipperende neonlicht leek helemaal los boven ons te zweven en zat nergens aan vast. Een brutaal staaltje heksenwerk.

Tante Pearl wist dat we ze zouden zien. Ze was bereid om dat risico te nemen, zodat het wijnfestival door kon gaan. Aan de andere kant had dit waarschijnlijk meer met haarzelf te maken. Ik betwijfelde of het hele wijnfestival haar iets kon schelen. Het roze bord zweefde naar de andere kant van de weg en er dook een bord met geel neonlicht op:

Zo fijn die heerlijke wijn

Gelukkig was er geen ander verkeer, want Tyler stuurde de Jeep alle kanten op om de borden, die overal vandaan leken te komen, te ontwijken. Rood, goud, wit, blauw...

Je bent er bijna

Zeg eens proost

De winnende wijn

Niet die je verwacht!

Neem een slok

Wijnen, wijnen!

Je verdient het

Neem deze afslag

Er waren zo veel borden dat we langzaam moesten rijden om ze allemaal te kunnen lezen.

"Wat een bijdehandje," zei Tyler. "Pearl weet wel hoe ze reclame moet maken."

"Normaalgesproken probeert tante Pearl juist iedereen weg te jagen uit Westwick Corners in plaats van ze aan te trekken. Ze voert iets in haar schild." Iets anders dan wijn verkopen in elk geval, want Tante Pearl had altijd wel verborgen motieven. Ik kon alleen niet bedenken wat het deze keer was.

Bij het naderen van het parkeerterrein van de school, zagen we een veel groter bord:

Inzamelingsactie voor Antonio Lombard

Toen we eerder vandaag bij het wijnfestival waren vertrokken waren de borden ons niet opgevallen, want ze stonden maar één kant op. Een inzamelingsactie voor Antonio? Dat zou heel verkeerd uitgelegd kunnen worden zodra hij was beschuldigd van de moord op Richard.

Tyler draaide het parkeerterrein op en we passeerden het straatcafé van tante Pearl. Maar er was niemand meer. De deur van de camper was dicht en aan de tafeltjes zat niemand. In plaats van wijn nippende klanten en dozen vol wijn, zagen we alleen nog gebruikte glazen en lege dozen.

Kennelijk was het straatfeestje voorbij.

HOOFDSTUK 15

yler had net de Jeep geparkeerd toen hij een telefoontje kreeg van de politie uit Shady Creek om hem bij te praten over het bewijs op de plaats delict.

Terwijl ik wachtte zag ik dat Richards Corvette nog altijd op dezelfde plek stond. De kap stond ook nog steeds open en over de leren bekleding liepen kleine waterstroompjes. De dozen met wijn van Desiree's Verdant Valley Vineyards stonden niet meer op de achterbank.

Tyler overlegde over het bewijs, maar ik besloot niet op hem te wachten. Ik zou hem wel binnen zien als hij klaar was met bellen.

Ik stapte de auto uit en liep naar de sporthal. Door de open deuren kwam het geluid van harde stemmen, die meer pasten bij een wild feestje op zaterdagavond dan bij een dorpsfestival overdag.

Toen ik binnenkwam was het wel duidelijk waar alle klanten van tante Pearl waren gebleven. Het hele dorp was hier, maar alle mensen uit de wijnindustrie leken al te zijn vertrokken.

De sfeer van het festival paste totaal niet bij mijn sombere stemming. Natuurlijk wist niemand nog dat Richard vermoord was, maar het leek ook niemand te zijn opgevallen dat hij er helemaal niet was.

Net toen ik me afvroeg of ze al klaar waren met de jurering, of zelfs maar waren begonnen, hoorde ik een microfoon piepen door de luidsprekers.

Ik kromp ineen bij het hoge gepiep en keek naar het podium.

Tante Pearl stond bij een microfoon op een standaard die bijna net zo hoog was als zijzelf. Ze had er geen gras over laten groeien om de zaken over te nemen. Op zich was dat niet erg. Haar kennende zou de hele jurering snel achter de rug zijn, want niemand durfde met haar in discussie te gaan. Tegenover de andere twee juryleden zou Tyler niets hoeven zeggen over Richards afwezigheid en het hele evenement zou op tijd afgelopen zijn.

"Mag ik even jullie aandacht!" riep tante Pearl tegen de microfoon.

Toen ik mijn handen over mijn oren deed tegen de herrie, zag ik dat ze me gezien had.

Ze stond in haar glimmende, met rode pailletten bedekte trainingspak in het midden van het podium en trok de microfoon naar zich toe alsof ze Mick Jagger in eigen persoon was. Ze had geen moeite gedaan om hem lager te zetten, omdat ze waarschijnlijk dacht dat ze snel klaar zou zijn. "De jury start over vijf minuten!"

Achter haar stond een lange tafel die bedekt was met een witlinnen tafelkleed. Op twee van de drie stoelen van de jury zaten een man en een vrouw. De middelste stoel was van Richard en die was opvallend leeg.

Het was op zich een heel democratisch besluit om het aantal juryleden dit jaar te verhogen naar drie; maar het ene jurylid was Carol, die bij Richard bij de bank werkte en de andere was Reggie, zijn golfbuddy. Ik staarde naar Richards lege stoel. Het idee van drie juryleden was alleen voor de show. Hij zou alles voorgekauwd hebben. Hoe zouden ze dat nu doen, nu hij er niet was?

Niemand op het podium twijfelde aan tante Pearls autoriteit of vroeg zich af waarom Richard er niet was. Misschien wilden ze gewoon graag met de jurering beginnen. Of ze waren al te dronken om er iets van te vinden.

Aan de zijkant van het podium stond nog zo'n tafel en op deze stonden tientallen wijnglazen. Erachter stond Lacey Ratcliffe, een jonge vriendin van Trina. Het was haar taak om ieder jurylid te voorzien van een schoon wijnglas voor ieder wijnmonster en om alle lege wijnglazen na het proeven weer te verzamelen.

Tante Pearl sprak weer in de microfoon. "Luister even allemaal. Richard is niet op komen dagen, dus hebben we een nieuw jurylid benoemd. Graag een applaus voor jurylid Earl!" Met een zwierig gebaar kondigde ze Earl aan.

De vriend van tante Pearl was altijd heel relaxed, maar nu zag hij eruit of hij liever overal had willen zijn behalve hier op het podium. Zijn ogen schoten heen en weer over het podium alsof hij nu al nadacht over hoe hij kon ontsnappen.

"Earl! Kom als de donder hierheen," fluisterde tante Pearl, maar dankzij de microfoon kon iedereen het horen.

Earls ogen werden groot, maar schuifelde toch langzaam het podium op. Hij slaakte een diepe zucht toen hij op Richards lege stoel ging zitten, tussen Carol en Reggie in. Hij staarde recht vooruit, zich berustend in zijn lot.

De andere juryleden leken wat in de war, maar zeiden niets.

Haastig kwam Desiree op het podium af gerend en riep tegen tante Pearl: "Dit kun je niet maken!"

"Zeker wel. Wat is er mis? Ben je soms bang dat je zonder je vriendje niet wint? Nou, misschien is dat zo. Het zou zo maar kunnen dat er dit jaar iemand anders wint." Tante Pearl klonk alsof ze het tegen een kleuter had.

Desiree fronste haar wenkbrauwen en pakte haar telefoon, waarschijnlijk om Richard te bellen. Even later deed ze de telefoon weer in haar zak. "Waar zit die man toch?"

Op dit moment was Desiree de enige die bezig was met de Wijn van het Jaar. De rest van de mensen wilden alleen maar meer drank.

Tante Pearl klapte in haar handen. "Oké, mensen, we gaan beginnen met de categorie 'Meest Verbeterde Wijn'. Pak je glazen en doe met ons mee."

"Ho... wacht even, Pearl," zei Earl. "Ik weet het niet hoor. Ik drink niet eens alcohol. Hoe moet ik weten welke wijn goed is en welke niet?"

Tante Pearl wuifde hem weg. "Maakt niet uit, Earl. Doe maar net als de andere juryleden. Het komt wel goed."

In ieder geval was Earl nog nuchter. Maar omdat hij nooit dronk, zou dat niet lang duren na het proeven van alle wijn.

Aan de blozende gezichten van Carol en Reggie te zien en te horen aan hun gebral, hadden zij al iets te veel geproefd. Hun dronken stemmen klonken zo hard, dat ze zonder de microfoon ook te horen waren. Ze hadden het veel te goed naar hun zin. Zonder twijfel zouden ze zich bij het volgende festival komend jaar ook weer graag als jurylid willen aanmelden.

"De test is blind." Tante Pearl hield een bruine papieren zak omhoog. Duidelijk was te zien dat er een fles in de zak zat. Op het papier was met een viltstift een grote '1' geschreven. Tante Pearl liep met de fles naar de tafel van de jury.

In het lege wijnglas dat voor elk jurylid stond schonk ze een flinke plas wijn.

"We gaan het zo doen," zei ze. "Jullie beoordelen de wijn met een aantal punten onder de honderd. Niemand krijgt honderd punten en niemand scoort lager dan vijftig. Dus… geef een aantal punten tussen de 50 en de 99, oké?"

"Waarom mogen we geen punten geven van 0 tot 50?" vroeg Earl.

Tante Pearl schudde haar hoofd. "Earl, weet je dan niets over goede wijn? Zo werkt het niet."

Earl opende zijn mond om iets te zeggen, maar zweeg toen hij Tante Pearls opgeheven vinger zag.

"We volgen de regels van het Amerikaanse puntensysteem," zei ze. "Niemand weet waarom ze op deze manier beoordelen, maar ik heb de regels niet verzonnen, Earl. Geef cijfers tussen de 50 en de 99, zodat we dit kunnen afronden en kunnen verdwijnen. Het definitieve cijfer is een gemiddelde van de drie punten van alle juryleden."

Tante Pearl kwam weer naar de microfoon. "Dit is wijnmonster nummer 1. Drink op, mensen."

De twee dronken juryleden deden braaf wat hen gezegd werd, maar Earl nipte voorzichtig aan de wijn. Hij trok een vies gezicht.

Inwendig moest ik lachen. Hij ging echt heel ver om tante Pearl tevreden te houden.

De wijn werd officieel beoordeeld door de drie juryleden, maar tegelijkertijd proefden en beoordeelden de festivalbezoekers de wijn ook. Er konden ook prijzen worden gewonnen wanneer je hetzelfde cijfer gaf als de jury, of de juiste winnaar van elke categorie en de uiteindelijke winnaar goed wist te voorspellen.

Het witte tafelkleed op de jurytafel kleurde naarmate de proeverij vorderde steeds meer roze. Op een gegeven moment werd er meer drank gemorst dan gedronken. Earl bleef voorzichtig nippen van de wijn en leek zelfs een beetje te ontspannen.

Tante Pearl had de drie glazen gevuld en schonk nu een vierde in, die ze voor zichzelf neerzette.

"Hé! Jij bent geen jurylid!" Desiree wees naar tante Pearl. "Jij mag Ruby's wijn niet beoordelen, ze is je zus!"

Tante Pearl rolde met haar ogen. "Natuurlijk geef ik geen beoordeling. Ik hou toezicht en af en toe proef ik ook een wijn, om erop toe te zien dat de juiste wijn blind wordt geproefd. Voor het geval iemand de boel probeert te belazeren." Ze keek Desiree strak aan, die bij het podium rondhing. "Er zijn al eens eerder wat flessen verwisseld, en ik tolereer het niet als iemand knoeit met de wijn-monsters."

Desiree zette haar handen op haar heupen. "Wat probeer je precies te insinueren, Pearl? Dat ik soms niet eerlijk gewonnen heb?"

"Dat zijn jouw woorden, niet de mijne," snoof tante Pearl.

"Je zit niet eens in de jurycommissie! Je kunt niet zo maar alles overnemen en alles bepalen zoals jij het wil."

Tante Pearls ogen vernauwden zich toen ze tegen Desiree zei: "Mensen die anderen bedriegen zijn nooit te vertrouwen."

"Jij hebt hier niet de leiding, Pearl!" schreeuwde Desiree. "Richard wel."

"Hij is niet op komen dagen, Desiree. Iemand moest ervoor zorgen dat de show hier doorging."

"Maar, Richard..."

"Richard is er niet." Tante Pearl tikte op haar horloge. "Over een uur verloopt onze alcoholvergunning. Wil je doorgaan met de wedstrijd of niet?"

Desiree keek haar wantrouwend aan. "En waar is hij dan? Ik probeer hem steeds te bellen, maar hij reageert niet."

Toen Desiree tegen tante Pearl schreeuwde stond ik pal naast haar, maar geen van beiden had mijn aanwezigheid opgemerkt. Dat was maar goed ook, want ik was op de hoogte van een vreselijk geheim. Mijn hart bonsde in mijn keel en ik was bang dat ik per ongeluk zou vertellen dat Richard dood was.

Gelukkig was mijn vrees ongegrond, want Desiree liep al bellend, waarschijnlijk naar Richard, terug naar de kraam van haar Verdant Valley Vineyards.

Even later keek ik rond in de sporthal en zag dat Desiree druk in gesprek was met een paar klanten. Ze was zich er nog helemaal niet van bewust dat haar leven een compleet andere wending had genomen. Ik vroeg me af hoe Tyler het nieuws aan Desiree zou vertellen. Ze was Richards vrouw niet, zoals Valerie, dus ze werd niet beschouwd als familie en zou dus niet als eerste horen over zijn overlijden.

Ik keurde buitenechtelijke affaires af, maar het voelde niet goed dat Desiree het nieuws over Richard pas op hetzelfde moment zou horen als ieder ander. Zelfs al was ze 'de andere vrouw' en niet Richards echtgenote, hij was haar toch heel dierbaar. Het was geen fijne taak voor Tyler.

Bij de ingang van de hal ontstond wat rumoer. Valerie Harcourt stormde naar binnen en ze zag eruit alsof ze iemand wilde vermoorden!

Richards vrouw droeg een wijde witlinnen blouse, skinny jeans en designer cowboylaarzen. Hoewel ze altijd erg kalm overkwam, zag ze er nu woedend uit.

Voor zover ik wist was Valerie nog nooit eerder op het wijnfestival geweest, ook al was Richard al ruim tien jaar jurylid. Ik vermoedde dat Valerie er nu was om Desiree en Richard publiekelijk te confronteren met hun verhouding.

Ik pakte mijn telefoon om Tyler te bellen en was blij dat hij meteen opnam in plaats van dat ik de voicemail kreeg. "Valerie is hier net binnengestormd en ze ziet eruit alsof ze zo iemand gaat vermoorden. Je kunt maar beter snel hiernaartoe komen. Het gaat knallen tussen haar en Desiree!"

"Ik kom eraan," zei hij.

Dat zou geen seconde te vroeg zijn.

Valerie liep zo hard door de hal dat ze bijna rende. Ze keek rond en speerde op de kraam af van Desiree's Verdant Vally Vineyards.

Plotseling werd het stil in de zaal. De luide stemmen verstomden en iedereen stopte met praten. Het enige geluid wat nog hoorbaar was, was het geklik van Valeries laarzen toen ze op Desiree af liep.

"Waar is hij?" Strijdlustig stond Valerie met haar handen op haar heupen tegenover Desiree.

"Waar is wie?" vroeg Desiree liefjes.

"Houd op met die onzin, Desiree. Je weet heus wel wie ik bedoel: Richard, mijn echtgenoot." Ze sprak de woorden 'mijn echtgenoot' met veel nadruk uit.

Wanhopig keek ik naar de deur, mezelf afvragend waarom Tyler zo veel tijd nodig had om vanaf het parkeerterrein hiernaartoe te komen.

Mijn gedachten vlogen alle kanten op toen ik probeerde om een excuus te verzinnen zodat ik ze tussenbeide kon komen.

Desiree gooide haar handen omhoog. "Weet ik veel waar die man is. Hij moet ergens zijn. Ik zit niet steeds op hem te letten zoals jij. Als het goed is, heb je zijn auto op het parkeerterrein zien staan."

"En toch is hij hier niet!" Valerie stampte woedend op de grond. "Zit hij soms bij jou thuis?"

"Natuurlijk niet. We zijn... ik bedoel, hij was zelf..." Desiree stopte midden in de zin, toen het bij haar begon te dagen hoe vreemd Richards afwezigheid was.

"Joh, Desiree, vertel me in vredesnaam gewoon waar hij zit."

Desiree's ogen werden groot. "Er is iets mis!"

Het was inderdaad helemaal mis. Ik wist precies waar Richard was, maar mocht niets zeggen. Ongemakkelijk keek ik weer naar de haldeuren. Waar bleef Tyler nou?

Eindelijk gingen de deuren open en liep Tyler naar binnen. Hij baande zich een weg om de kleine groepjes wijnproevers en wijnkopers heen en kwam met grote stappen op ons af. Van zijn gezicht was niets af te lezen; als sheriff moest hij professioneel blijven.

Ik keek naar Valerie en Desiree, die nu gestopt waren met ruziemaken. Zwijgend keken we naar Tyler die de dronken begroetingen van iedereen op zijn pad negeerde.

HOOFDSTUK 16

"*W*at is hier aan de hand?" vroeg Valerie toen Tyler op haar af kwam. Ze zag lijkbleek en stond onvast op haar benen.

Ik legde mijn arm om haar schouders en trok haar mee naar een stoel vlakbij. Net op tijd, zo bleek, want ik voelde dat haar benen het begaven op het moment dat ze ging zitten. Reageerde ze zo omdat ze iets vermoedde, of was het iets anders?

Tyler knielde naast haar neer en begon zachtjes te praten.

Desiree wilde naar Valerie en Tyler toe lopen. "Wat is er aan de hand? Wat zegt hij?"

Ik probeerde Desiree met mijn arm tegen te houden. "Nee, Desiree, laat hen even praten."

Ze keek me meewarig aan en mompelde: "Als het om Richard gaat, dan heb ik net zoveel recht om het te weten. Eigenlijk misschien zelfs wel meer."

Uiteindelijk maakte mijn poging om haar tegen te houden geen verschil.

"Hij is er niet meer!" gilde Valerie. Haar hele lichaam schokte toen ze met haar hoofd in haar handen begon te huilen. "Wat moet ik nu beginnen?"

"Ik dacht dat ze van hem wilde scheiden?" fluisterde tante Pearl. "Wat een dramaqueen zeg."

Ik bracht mijn wijsvinger naar mijn lippen. "Ssstt, tante Pearl."

Op dat moment duwde Desiree me bijna omver. "Waar is hij dan wel? Hij moet toch echt hierheen komen voor de jurering."

"Houd je bek, sloerie!" Valerie sprong overeind, kennelijk plotseling bijgekomen van de shock. "Die stomme wijn van jou boeit helemaal niemand. We weten allemaal dat je het met een getrouwde vent aanlegt."

Tyler kwam tussen de twee vrouwen in staan en hield ze met uitgestrekte armen uit elkaar.

Valerie ging weer zitten.

"Ik houd mijn bek helemaal niet." Desiree kruiste haar armen voor haar borst en tikte ongeduldig met haar voet. "Je hoeft me niet uit te schelden, Val. En kan iemand me alsjeblieft vertellen wat er aan de hand is?"

Ik legde mijn hand op Desiree's arm. "Misschien moet je ook even gaan zitten. Tyler wil ook met jou praten."

Desiree keek minachtend naar mijn hand maar ging toch zitten.

Tante Pearl kwam op haar af. "Richard is dood, dàt is er aan de hand."

"Hoe weet jij…" Ik hield mijn mond. Tante Pearl kon dit met geen mogelijkheid weten. Ik had het haar niet verteld en Tyler ook niet. De enigen die wisten dat Richard dood was, op de brandweermannen na, waren Trina en Antonio. Antonio werd in Shady Creek ondervraagd en Trina was bij hem.

Niemand anders wist het.

Behalve natuurlijk de moordenaar. Er liep een rilling over mijn rug.

Desiree keek boos. "Zeg niet zulke belachelijke dingen, Pearl. Dat kan helemaal niet! Richard was hier vanmorgen nog. Hij is heel even weggegaan, maar kan ieder moment weer terug zijn."

"Dat denk je maar," zei tante Pearl. "Maar dat zal niet gebeuren."

Tyler kwam nu bij Desiree zitten.

"Wanneer heb je Richard voor het laatst gezien, Desiree?" vroeg Tyler.

"Ik weet het niet... een paar uur geleden, denk ik. Heb jij hem nog gezien? Ik had het zo druk met het opbouwen van de kraam dat ik het niet meer weet. Heb je hem ergens voor nodig? Waarschijnlijk moest hij nog even een boodschap doen."

Tyler krabde aan zijn kin. "Wat voor boodschap?"

"Hoe moet ik dat weten? Ik ben zijn bewaker niet." Desiree keek woedend naar Valerie. "Stel je je niet een beetje aan, Val? Je hebt zelf tegen Richard gezegd dat je van hem af wilde."

"Helemaal niet! Dat is een leugen!" Valerie spuugde de woorden uit terwijl ze opstond.

Ik zocht in de sporthal naar Mam. Zij kon altijd goed met iedereen overweg en zou bij deze twee vrouwen de angel uit de situatie kunnen halen. Toen ik haar kraam zag, zag ik haar in eerste instantie niet, maar ineens hoorde ik haar lachen. Vreemd genoeg was alle commotie in de menigte haar helemaal ontgaan.

Waarschijnlijk had ze gevoeld dat ik naar haar keek, want ineens keek ze me recht aan en zonder enige aansporing kwam ze onze kant op.

"Cen, wat is er aan de hand?" vroeg ze met een bezorgde uitdrukking op haar gezicht.

Ik nam haar even apart en vertelde wat er aan de hand was, net op het moment dat Desiree een harde schreeuw gaf. Het nieuws van Tyler maakte het officieel en echt.

"Jij hebt hem vermoord!" Desiree dook naar Valerie. "Je hebt hem van mij afgepakt net toen we ons wilden verloven!"

"Je kunt je helemaal niet verloven met een man die al getrouwd is." Met een benige arm blokkeerde Tante Pearl Desiree.

Desiree deinsde terug, verbaasd over tante Pearls kracht. Zonder enige twijfel had Tante Pearl wat magie toegevoegd aan haar spierkracht.

"Echt wel. Iedereen kan zich verloven met iemand. Het is een belofte die je aangaat voor een toekomst samen. Er is geen enkele wet die dat verbiedt." Desiree wendde zich tot Tyler. "Nietwaar, Sheriff?"

"Laten we het even bij Richard houden. Ik zal met jullie allebei moeten praten en ik begin met jou, Valerie." Tyler knikte even naar haar. "Als je in staat bent om te rijden, kun je dan over tien minuten op het politiebureau zijn?"

Valerie veegde de tranen van haar gezicht en stond op. "Zeker. Ik ga er meteen heen." Ze draaide zich om en liep langzaam door de sporthal. De fiere tred van nog maar kort geleden had plaatsgemaakt voor een vermoeide en verslagen houding.

Toen ze buiten gehoorsafstand was, zei Desiree tegen Tyler: "Je weet toch dat zij het heeft gedaan? Hun huwelijk was jaren geleden al over. Haar drama is gewoon een toneelstukje. Ze heeft vast iemand ingehuurd om Richard om te brengen, omdat ze onlangs hun levensverzekeringen hadden verhoogd. Ze heeft een enorm bedrag op hem afgesloten. Ik vond het nogal vergezocht, maar Richard vertelde me dat hij dacht dat hij achtervolgd werd."

"Wanneer heeft hij dat gezegd?" vroeg Tyler.

"Een paar weken geleden. Toen hij tegen haar had gezegd dat hij wilde scheiden."

"Ik dacht dat Valerie degene was die wilde scheiden," zei ik.

"Nee hoor. Ik had Richard voor een ultimatum gesteld: zij of ik. Dus toen heeft hij eindelijk tegen Val gezegd dat het voorbij was. Ze wist dat als ze zouden scheiden, zij de helft van alles zou krijgen. En op deze manier krijgt ze 7 ton van de levensverzekering plus ze mag de ranch houden. Ik weet nu dat ze iemand heeft ingehuurd om het te doen."

Tyler fronste zijn wenkbrauwen. "Heb je daar bewijs van?"

"Ik hoorde het van Les Crabtree," zei Desiree. "Hij heeft de verzekering een paar weken geleden voor haar afgesloten."

"Dat zal ik dan checken bij Les." Tyler keek op zijn horloge. "Kun jij om half zes op het politiebureau zijn? Dan kun je me er meer over vertellen."

Desiree glimlachte. "Ik kan niet wachten."

HOOFDSTUK 17

"Ik heb je hulp nodig, Cen," zuchtte Tyler.

We zaten in zijn kleine kantoortje aan de achterzijde van het politiebureau, waar we direct naartoe gegaan waren nadat Valerie en Desiree waren ingelicht over Richards dood. Het bureau zelf bevond zich op de begane grond van het gemeentehuis. Een lange, smalle gang liep tussen Tylers kantoor en de rest van het politiebureau, waar verder nog een verhoorkamer en een kleine cel waren.

"Ik dacht dat je het nooit zou vragen." Valerie kon elk moment hier zijn en dan zou Tyler zich vooral bezighouden met haar ondervraging.

Tyler lachte. "Ik benoem je tijdelijk tot hulpagent, maar je mag niets publiceren van wat je hoort of ziet."

Alsof ik geschokt was, hief ik mijn handen op. "Wat, en de persvrijheid dan?"

"Zoals ik al zei, het is maar tijdelijk. Ik ga hier Valerie en Desiree ondervragen. Ik ken hen allebei niet persoonlijk, maar Antonio ken ik wel heel goed. En ik wil niet de schijn wekken dat ik partijdig ben. Daarom heb ik ook aan de politie in Shady Creek gevraagd om hem te ondervragen. Ze hebben Antonio al onderzocht op forensisch bewijs, dus het is logisch dat zij bij hem de ondervraging doen. Ik wil graag weten wat zijn kant van het verhaal is voordat hij met iemand anders praat. Het geeft me ook wat tijd om Valerie en Desiree te ondervragen. Maar omdat ik de enige agent ben hier in Westwick Corners, kan ik niet alles alleen doen en ik wil ook niet alles aan Shady Creek overlaten.

Ik knikte. Tyler en Antonio gingen soms samen vissen en ze zagen elkaar vaak. "Wat wil je dat ik doe?"

"Mijn eerste focus ligt op de plaats delict. Waarschijnlijk krijg ik snel de uitslagen van het forensisch onderzoek, maar voor die tijd wil ik nog het terrein van de wijnmakerij bekijken en zien of daar nog iets te vinden is.

Maar eerst moet ik Richards beide geliefdes ondervragen. Ik ken ze geen van beiden erg goed. Kan jij me iets meer over hen vertellen?"

"Valerie is hier geboren en getogen," begon ik. "Als tiener was ze kampioen in de paardensport en deed aan springtoernooien mee, wat door haar rijke ouders gefinancierd werd. Tien jaar geleden stopte ze ermee en nu is ze onder andere bezig met het fokken van racepaarden. Veel van haar zakelijke plannen zijn mislukt. Haar eigen wellness resort ging failliet en er was ook nog een resort voor teambuilding activiteiten dat nooit echt van de grond gekomen is. Ze heeft veel vrienden, maar ook veel vijanden. Soms maakt ze misbruik van iemands goedheid. Ze verliest nooit haar geduld, maar als iemand haar heeft benadeeld dan pakt ze die terug. Zoals bij Desiree en misschien ook wel bij Richard."

"Geef eens een voorbeeld," zei Tyler.

"Voordat ze failliet ging, had Valerie's wellness resort een deal met een modezaak uit het dorp. Valerie verkocht die kleding op haar resort en kreeg daarvoor commissie. Toen de eigenaresse van de modezaak in het dorp rondvertelde dat Valerie de rekeningen niet betaalde, kregen ze enorme ruzie. Valerie nam wraak door de eigenaresse te beschuldigen van belastingontduiking. De eigenaresse werd daarvan vrijgesproken, maar ze had ondertussen wel een heleboel geld gespendeerd aan proceskosten voordat haar naam werd gezuiverd."

"Hadden ze een gelukkig huwelijk?" vroeg Tyler.

"Dat zul je aan Valerie moeten vragen, maar ik vermoed van niet. Zou jij gelukkig zijn als je echtgenoot je al vijf jaar openlijk bedroog?"

"Hoe lang waren ze getrouwd?"

"Hmmm... ik denk een jaar of vijftien. Ze zijn met elkaar gaan daten vlak nadat de bank hem hiernaartoe had overgeplaatst en ongeveer een jaar daarna zijn ze getrouwd. Ze hebben geen kinderen, maar wel een heleboel honden en paarden."

"Goed. Valerie kan hier nu ieder moment zijn. Ik wil graag dat je oplet hoe ze reageert en dat je veel aantekeningen maakt."

"Dat gaat zeker lukken." Als journalist was ik gewend om de reacties van mensen te peilen en om te letten op lichaamstaal en tics in het gezicht. Hierdoor kon je heel veel leren over iemand, zeker als ze in een gespannen situatie zaten en zich onbespied waanden.

* * *

Tien minuten later stond ik in een kamer naast de ondervragingsruimte achter confrontatieglas. Valerie Harcourt zat aan de ene kant van een kleine langwerpige tafel en Tyler aan de andere kant. Ze schoof heen en weer op haar stoel, duidelijk niet op haar gemak. Ze vermeed het om Tyler aan te kijken en friemelde met het hengsel van haar tas. Zonder iets te zien staarde ze vooruit, zich nauwelijks bewust van zijn aanwezigheid. Ofwel ze was nog steeds in shock, of ze had iets geslikt. Of allebei.

"Vertel eens over Richard," begon Tyler. "Had hij verteld dat hij vandaag naar Lombard Wines zou gaan?"

Valerie schudde haar hoofd. "Nee, maar Richard had me wel verteld wat er vrijdag gebeurd was bij Antonio. Hij zei dat Antonio erg overstuur was van het feit dat de bank de wijnmakerij in beslag zou nemen. De laatste tijd gedroeg Antonio zich wat vreemd en onvoorspelbaar. Richard was bang dat hem iets zou overkomen en dat

Antonio misschien wel wraak op hem wilde nemen. Tenslotte had Antonio al gedreigd om hem te vermoorden als ze Lombard Wines van hem af zouden pakken. Richard dacht niet dat hij dat ook echt zou doen, maar hij maakte zich toch wel zorgen. Hij had me gewaarschuwd om de deuren thuis op slot te houden; het toegangshek dicht en om op mijn hoede te zijn."

"Wanneer heeft hij je dit allemaal verteld?"

"Vrijdagavond na het werk, terwijl we zaten te eten. Hij was net terug van Lombard Wines."

Tyler krabde aan zijn kin, alsof hij goed nadacht over zijn volgende woorden. "Valerie, het is misschien maar een gerucht, maar ik moet het toch vragen. Hadden jij en Richard huwelijksproblemen?"

Valerie stootte een holle lach uit. "Volgens mij wist iedereen uit het dorp van de verhouding tussen Richard en Desiree, behalve ik. Ik ben echt een idioot dat ik het niet doorhad, want er waren aanwijzingen genoeg. Zogenaamde zakenreisjes, telefoontjes laat op de avond…"

"Zoiets zou voor iedereen als een verrassing komen, Valerie."

Ze snifte even en pakte een tissue uit de doos op tafel. "Ik heb altijd gedacht dat we een gelukkig huwelijk hadden. Tjonge, wat ben ik stom geweest! Geloof het of niet, maar ik ben er pas een maand geleden achtergekomen. En dan te bedenken dat het al vijf jaar aan de gang was!"

"Hoe was jullie huwelijk verder?" vroeg Tyler.

Valerie haalde haar schouders op. "Wat maakt het nog uit? Alles waarvan ik dacht dat het echt was, bleek een leugen te zijn. Hoe zou jij het vinden als je erachter kwam dat je partner al vijf jaar een affaire had? Ik was woedend en zei tegen Richard dat ik zo snel mogelijk wilde scheiden."

"Hoe reageerde hij daarop?" vroeg Tyler.

"Hij… hij zei dat het hem speet en dat hij me niet kwijt wilde. Hij zei dat hij meteen een einde zou maken aan hun verhouding."

"En deed hij dat?"

Valerie schudde haar hoofd. "Niet meteen, nee. Hij verzon een heleboel excuses waarom hij meer tijd nodig had om met haar te kunnen breken. Maar toen ik een paar dagen later een advocaat in de arm nam, smeekte hij me om te blijven. Hij zei dat hij aan ons huwelijk wilde werken en vroeg me om de scheiding niet door te zetten. Dus... daar waren we ongeveer gebleven. We moesten op de een of andere manier verder. Ik zette de scheiding stop en een paar dagen geleden gingen we naar onze eerste sessie relatietherapie. Het was de bedoeling dat Richard vrijdagavond tegen Desiree zou zeggen dat hij het uit maakte met haar." Bij het noemen van Desiree schoten haar ogen vuur.

Terwijl Tyler aantekeningen maakte, bestudeerde ik Valerie, die een comfortabelere outfit had aangetrokken. Ze droeg een groot fleecevest over haar linnen blouse, die nu gekreukeld en vies was. Haar designer jeans had ze verruild voor een joggingbroek en ze droeg nu sneakers.

Een rouwende echtgenote maakt zich niet echt druk om hoe ze eruit ziet. Die zou eerder iets comfortabels aantrekken in plaats van na te denken over de laatste mode. Een moordende echtgenote zou zich wel druk maken om haar uiterlijk. Die zou haar kleren zorgvuldig kiezen. Welk type was Valerie?

Tyler legde zijn potlood neer en keek Valerie aan. "Waarom was je op het wijnfestival op zoek naar Richard? Veel mensen zeiden dat je aardig overstuur was."

"Reken maar dat ik overstuur was!" Haar stem sloeg over van frustratie. "Richard had beloofd om het uit te maken met Desiree en nooit meer tegen haar te praten. In plaats daarvan ontdek ik dat hij haar vanmorgen heeft opgehaald om naar het wijnfestival te gaan. Is dat niet genoeg reden om overstuur te zijn?"

Tyler gaf geen antwoord. In plaats daarvan vroeg hij: "Waar was je vanmorgen, Valerie?"

"Denk je dat ik dit gedaan heb? Dan ben je niet goed bij je hoofd, Sheriff Gates."

"Beantwoord de vraag, alsjeblieft."

"Ik was aan het paardrijden," snikte ze.

"Heeft iemand je gezien?" Tyler ging staan en pakte zijn stoel op. Hij zette hem aan de andere kant van de tafel neer zodat hij dichter bij

Valerie zat. Toen hij ging zitten, trok hij de stoel nog dichter naar haar toe. Nu zat hij nog maar een halve meter van haar af.

Alleen zijn rug was nog zichtbaar. Ik probeerde nog scherper op Valerie te letten.

Ze gaf geen antwoord op de vraag. In plaats daarvan leunde ze met een angstig gezicht achterover in haar stoel.

Tyler probeerde het nogmaals. "Zijn er getuigen die dit kunnen bevestigen, Valerie? Heb je onderweg met iemand gesproken?"

Valerie beet op haar lip en schudde ontkennend haar hoofd. "Ben ik een verdachte?"

"Ik probeer alleen alles tot op de bodem uit te zoeken. Heb jij Richard vermoord?"

"Waarom zou ik hem vermoorden? Ik heb toch al gezegd dat ik de scheiding had doorgezet als Richard me niet had gesmeekt om het niet te doen. Ik was al bezig om weer verder te gaan met mijn leven."

"Een scheiding kan een hoop geld kosten. Je overspelige echtgenoot zou er met de helft van alles vandoor gaan. Nu hij dood is, is alles van jou. Probleem opgelost."

"Nee, Sheriff. Onze hypotheek was al afbetaald en we hadden veel geïnvesteerd. Qua financiën stonden we er beter voor dan ooit tevoren. Er was genoeg geld voor ons allebei om elk onze eigen weg te gaan. Richard had een goedbetaalde baan en verder had ik niets te wensen."

"Behalve dan wat liefde van de overspelige echtgenoot," zei Tyler. "Veel misdaden die uit passie worden gepleegd zijn begonnen met bedrog. Ik zou best begrijpen dat..."

"Antonio heeft hem vermoord en dat weet je," zei Valerie. "Je zou met hem moeten praten en niet met mij."

In plaats van daarop te reageren, zei Tyler: "We praten met iedereen die iets met Richard te maken heeft gehad. De een ondervragen we om wat feiten vast te stellen. Anderen ondervragen we om bepaalde gebeurtenissen in een tijdlijn te kunnen plaatsen. De mensen die een sluitend alibi hebben kunnen we uitsluiten." Hij keek Valerie strak aan.

Ze stond op. "Nou, tenzij je me arresteert, hoef ik hier niet te blijven. Kan ik gaan, Sheriff, of moet ik mijn advocaat bellen?"

Tyler knikte. "Je mag weg. Maar je mag nergens naartoe zonder het mij te laten weten."

Zonder nog iets te zeggen stormde Valerie langs hem en smeet de deur hard achter zich dicht.

HOOFDSTUK 18

*I*k sprong bijna een meter de lucht in toen ik ineens een stem naast me hoorde. Er was verder niemand in de kamer, tenminste, dat dacht ik.

"Wat een type hè. Een lekkere vette uitkering van de verzekering en ze kan niet wachten om het geld te innen."

"Tante Pearl! Is het wijnfestival al afgelopen?"

Ze schudde nee. "Er is nu een pauze van tien minuten voordat we overgaan tot het beoordelen van de volgende categorie. Waar is de Sheriff? Ik heb essentiële informatie over de moord op Richard die hij moet weten."

"Heeft het iets te maken met Antonio's wijn die je hebt gejat van de plaats van de moord?"

"Natuurlijk niet! En als je wil dat ik een beetje meewerk, is het niet handig om me van alles te beschuldigen."

Op dat moment deed Tyler de deur open. "Nieuwe informatie?"

"Dat zou je wel willen weten, hè." Tante Pearl was heel erg geniepig en ze gaf nooit haar werkwijze prijs. Als ze dat wel deed, dan wist je dat ze loog. Bedrog was onderdeel van haar manier van werken.

"Ja, eigenlijk wel," zei Tyler. "Wat weet je?"

Tante Pearl grinnikte. "Ooh, je gelooft gewoon niet wat ik allemaal weet."

Ik had helemaal geen zin in tante Pearls hersenkrakers. "Tante Pearl zegt dat ze essentiële informatie heeft over de zaak."

Tante Pearl keek me aan: "Mag ik het misschien zelf vertellen, Cendrine?"

"Sorry." Ik rolde met mijn ogen om haar te laten zien dat ik dat niet meende.

"Oh?" Tyler kruiste zijn armen en leunde tegen de muur. Hij leek niet erg overtuigd van Pearls mededeling. "Vertel maar wat je weet, Pearl."

"Ik ben de laatste persoon die Richard in leven heeft gezien. Behalve de moordenaar dan, natuurlijk."

Tyler deed de deur open en gebaarde tante Pearl hem te volgen. "Laten we naar de verhoorkamer gaan, daar is plaats genoeg om te zitten."

"Goed hoor," zei tante Pearl. "Maar als ik alles heb verteld, dan moet ik wel in het getuigenbeschermingsprogramma. Kan ik zelf mijn nieuwe naam kiezen, of krijg ik er een toegewezen?"

"Dat weet ik niet zeker, maar dat zoek ik wel op," zei Tyler. "Vertel eerst maar wat je weet."

Tante Pearl fronste. "Niet zo snel, Sheriff. Wat levert het mij op?"

Tyler haalde zijn schouders op. "Een zuiver geweten, omdat je doet wat juist is, zodat het recht kan zegevieren. Kun je daarmee leven?"

"Is dat alles?" zei tante Pearl verontwaardigd.

"Ik ben bang van wel, Pearl."

Ze zuchtte. "Dat moet dan maar. Maar ik wil wel bij 'Opsporing Verzocht', dat is mijn favoriete misdaadprogramma."

Tyler keek op zijn horloge. "Ik zal het onthouden. Nou, vertel maar wat je weet."

"Zoals je weet, had ik het *erg* druk met het bedienen van klanten van mijn straatcafé bij Pearls Paleis. Zag je hoe druk het was, Sheriff? Ondanks dat je me had gedwongen op een rotplek te gaan staan, had ik nog steeds heel veel klanten. Alle stoeltjes waren bezet en er zaten zelfs mensen in het gras te genieten van wat goede wijn.

Hoe dan ook, ik had net de laatste fles van Antonio's geweldige Lombard Wines Meritage leeggeschonken, toen Richard Harcourt in eigen persoon het parkeerterrein af kwam scheuren in zijn stoere sportwagen. Hij had enorme haast en leek voor niemand opzij te willen gaan. Hij gaf zo veel gas dat er allemaal grind omhoog kwam tegen de zijkant van Pearls Paleis. Daar zitten nu krassen op, Sheriff!"

"Wat vervelend, Pearl. Weet je ook waar Richard naartoe ging?" vroeg Tyler.

"Hij reed naar de snelweg in de richting van Lombard Wines."

Ik stak mijn hand op. "Maar Richards Corvette stond op het parkeerterrein."

"Ik weet wat ik heb gezien," zei tante Pearl schouderophalend.

"Hoe laat was dat?"

"Ik weet het niet precies, maar ik denk ergens tussen 8 en 9 uur vanmorgen," zei tante Pearl. "De wijnproeverij was nog niet begonnen en er waren tientallen wijnliefhebbers die geen geduld hadden om te wachten op de officiële opening. Ik had het te druk met het serveren van de drankjes om op de klok te kijken, maar het was nog vroeg.

Niet lang daarna zag ik Antonio. Zijn vrachtwagen stond naast Richards auto en ik zag ze praten vlak voordat Richard zo haastig vertrok. Ik probeerde Antonio's aandacht te trekken omdat ik hem wilde vertellen dat ik al meer dan genoeg wijn verkocht had om zijn achterstallige hypotheek te kunnen betalen, maar hij wuifde me gewoon weg. Ook hij stoof weg van het parkeerterrein, net na Richard. Zo ondankbaar!"

"Oké, dus Antonio was zijn wijn helemaal niet 'vergeten', zoals hij had gezegd." Ik maakte aanhalingstekens in de lucht. "Ik vond het de hele tijd al vreemd dat hij dat vergeten was. Jij had Antonio's wijn meegenomen om die te verkopen."

Tante Pearl stak haar handen de lucht in. "Wat maakt het uit, als het spul maar verkocht wordt."

"Het maakt wel uit," zei ik. "Antonio wist dit helemaal niet en had je ook geen toestemming gegeven om zijn wijn te verkopen. Toen hij ontdekte dat zijn wijndozen leeg waren, moest hij wel terug naar de wijnmakerij om meer wijn te halen, zodat hij de wijn die jij had verkocht kon vervangen."

Tante Pearl snoof. "Boeie. Je zou toch verwachten dat hij blij zou zijn met wat ik voor hem gedaan heb. Ik heb zijn wijn gebotteld, een vriendin voor hem geregeld en zeker een jaarvoorraad wijn voor hem verkocht. En dat allemaal binnen een dag! Ha, ik ben echt goed! Maar bij Antonio kan er niet eens een bedankje af!"

"Een jaarvoorraad wijn? Zo veel hebben we gisteren toch niet gebotteld?" Al toen ik de woorden uitsprak, realiseerde ik me wat ze had gedaan. "Je hebt meer wijn tevoorschijn getoverd? Je weet toch dat dat tegen de WICCA-regels is? Je mag niet aan hekserij verdienen."

"Relax, Cen. De wijn waarmee Antonio meedeed op het festival was helemaal legaal. De enige magische wijn is de wijn die ik in mijn straatcafé heb verkocht. Die heb ik precies hetzelfde gemaakt, dus, iedereen blij. Laten we het er maar op houden dat ik het hele proces wat geautomatiseerd heb. Bovendien breek ik de regels niet, want ik geef hem alle opbrengsten."

Het leek mij dat de WICCA niet zou meegaan in deze logica, maar ik hield mijn mond.

Tante Pearl ging verder. "Even terug naar mijn verhaal. Zoals ik al had verteld, ging Antonio er vlak na Richard ook vandoor. Hij kwam meteen achter hem aan het parkeerterrein af."

"Gingen ze allebei dezelfde kant op?" vroeg Tyler.

"Ja. Luister je wel, Sheriff? Antonio ging Richard *achterna*. Naar Lombard Wines."

"Dat is nog meer belastend bewijs tegen Antonio," zei ik. "Maar als ze elkaar hadden willen spreken, waarom deden ze dat dan niet gewoon op het wijnfestival?"

"Misschien wilden ze hun afspraak geheim houden," zei tante Pearl. "Ze leken allebei nogal haast te hebben. Ik begrijp niet echt hoe het kan dat Antonio Richards lichaam vond. Antonio volgde Richard in zijn auto, hij zat er bijna bovenop. En wat ik heb kunnen zien: Richard was springlevend en Antonio was de laatste die hem in leven gezien heeft."

Tyler knikte. "Antonio belde een paar minuten later om te vertellen dat Richards lichaam in de kelder lag. Qua tijd kan het kloppen. Hij had de tijd om iemand te vermoorden, ook al was het krap aan."

"Niemand heeft Richard daarna nog gezien!" hijgde tante Pearl. "Realiseer je je wel dat ik de kroongetuige ben? Misschien komt de moordenaar nu wel achter mij aan!"

Tyler schudde zijn hoofd. "Ik pas wel op je, Pearl, maar je moet hier verder met niemand over praten. Pas als het wijnfestival is afgelopen, kan ik het nieuws openbaar maken. De enige reden dat ik nu met jou praat, is omdat je een getuige bent. Kan ik op je rekenen?"

"Natuurlijk, Sheriff. Maar hoe is Richard dan gestorven?" vroeg tante Pearl.

"Ik kan nog niets zeggen over de doodsoorzaak, Pearl."

"Ook niet tegen mij?" Ze maakte een kusmondje. "Tegen Cendrine heb je het vast wel al verteld, of niet?"

Ik bespeurde bij Tyler een subtiel glimlachje. "Sorry, Pearl. Nog niemand krijgt die informatie, zelfs jij niet."

Ik voelde alsof er een steen in mijn maag lag toen ik me realiseerde dat de bewijzen tegen Antonio zich bleven opstapelen. Het was moeilijk om het te ontkennen: hij had de middelen, het motief en de gelegenheid. Bovendien had hij het lichaam ontdekt en hij was op de plaats delict. Gezien de tijdspanne was het bijna onmogelijk dat iemand anders de misdaad had gepleegd. Antonio was ook de enige die toegang had tot de wijnkelder.

Richard had op het punt gestaan om de wijnmakerij van Antonio af te pakken en zijn hele leven te ruïneren. Ik wilde niet denken dat Antonio een moordenaar was, maar wanhoop kon zelfs de aardigste mensen tot grote waanzin drijven.

Ik heb altijd gedacht dat ik Antonio goed kende. Maar het werd steeds lastiger om de twijfels die ik had te negeren.

HOOFDSTUK 19

"*P*earl, ik heb je hulp nodig. Kan ik op je rekenen?" vroeg Tyler.

Tante Pearl keek Tyler argwanend aan. "Op mij rekenen? Hoezo? Is dit soms een of andere flauwe grap?"

Tyler schudde zijn hoofd. "Nee, zeker niet. Je bent een vrouw met veel talenten en je bent de enige die me met deze belangrijke taak kan helpen."

"Is dat zo?" Het gezicht van tante Pearl klaarde helemaal op. "En wat krijg ik als ik ja zeg?"

"Gerechtigheid," antwoordde Tyler.

"Ik wil toch op z'n minst meer zendtijd bij '*Opsporing Verzocht*' dan jij, Sheriff. Ik zou eigenlijk ook meer tijd moeten krijgen dan Antonio. Tenslotte ben ik degene geweest die deze zaak aan het licht heeft gebracht." Tante Pearl zwaaide haar benige armen omhoog en sloeg mij bijna in mijn gezicht.

"Antonio is onschuldig, tenzij het tegendeel wordt bewezen, tante Pearl. Hij is nog nergens van beschuldigd, nog niet tenminste. Tyler onderzoekt de zaak en er is geen enkele reden waarom jij meer zendtijd…" Ik hield mijn mond, omdat ik me realiseerde dat ik net zo belachelijk klonk als zijzelf. "Aan de andere kant zou je misschien wat achtergrondinformatie kunnen voorlezen. Ik weet zeker dat de producers dat wel goed zullen vinden."

Tyler knikte. "Zeker als je meehelpt met het oplossen van de misdaad, dan zullen ze je maar wat graag willen interviewen. Het belangrijkste is dat je *meehelpt*, Pearl, wil je dat doen? Er zit geen roem of geld aan vast, maar je zou meehelpen met het vinden van een moordenaar. Als je het doet, benoem ik je tot ere-agent."

"Ik zal erover nadenken. Wat moet ik doen?"

HOOFDSTUK 20

*T*yler had me niet verteld wat voor hulp hij nodig had van tante Pearl en ik had er niet naar gevraagd. Eigenlijk wilde ik het ook niet weten, want ik vermoedde dat het eigenlijk een list was om te zorgen dat ze zich niet verder met het onderzoek bemoeide. Daar was Tyler al genoeg mee geholpen.

Ik haalde mijn laptop uit mijn tas en ging verder met mijn onderzoek naar SecureTech. Op de website stond maar weinig informatie, waarschijnlijk om potentiële criminelen niet te veel tips te geven. Maar op allerlei internetfora was wel veel te vinden over beveiligingssystemen. Dit type slot was blijkbaar erg in trek. Op verschillende fora vond ik heel veel informatie over de biometrische vingerafdrukscan. Van wat ik begreep, had Antonio gelijk gehad. Met het slot viel verder niet te rommelen. Net als Antonio waren er nog andere gebruikers geweest die geen back-up plan hadden gehad en al die gevallen waren op dezelfde manier opgelost: het complete slot had uit de deur gezaagd moeten worden, met een hoop schade tot gevolg. Het was bestand tegen dieven, maar niet tegen idioten.

Het combinatieslot was een ander verhaal. Net als elk ander slot kon dat wel worden verslagen, wat natuurlijk niet uitmaakte als het samen met de vingerafdrukscan was geïnstalleerd. Op de website liet ik mijn telefoonnummer achter met de mededeling dat iemand me maandagochten direct moest bellen. Zo lang konden we niet wachten, maar wie weet wat het nog opleverde. De komende uren zou ik nodig hebben om zo veel mogelijk informatie te verzamelen over SecureTech.

Ik stond op en zette twee koppen koffie met het antieke koffiezet-apparaat achter het bureau. In de koelkast stond een bijna leeg melkpak en ik schonk wat melk in mijn kopje. Ik nam de twee kopjes mee naar Tylers kantoor en gaf de zwarte koffie aan hem.

Tyler bedankt me bij het aannemen van het kopje. "Wat weet je eigenlijk over Desiree?"

Eigenlijk meer dan me lief was, en ook meer dan ik tegen Tyler wilde vertellen. Haar charisma en aantrekkingskracht sprak veel mensen aan. Ze strooide met complimenten en vriendschap, waar-door iedereen zich speciaal voelde. Dat deed ze zo lang ze haar zin maar kreeg. Als mensen niet deden wat zij wilde, dan sloeg haar vriendschap om en werd ze gemeen. Desiree ging met haar vriend-schappen heel berekenend te werk, koos de mensen uit die in de goede sociale kringen verkeerden, in sjieke buurten woorden en haar dure smaak deelden. Het dorp was verdeeld tussen de mensen die van haar hielden en die haar verachtten. Haar roddels en leugens joegen vrienden tegen elkaar in het harnas en sommigen werden zelfs vijanden van elkaar. Ten minste één man, Richard, was veranderd in een overspelige echtgenoot. Maar ik moest me aan de feiten houden; het ging nu niet om emoties.

Ik haalde even diep adem. "Desiree is hier ongeveer vijf jaar geleden komen wonen. Ze kwam uit Seattle en beweerde dat ze als topmakelaar rijk was geworden. En rijk is ze zeker."

"Heeft ze jou dat verteld?" vroeg Tyler.

Ik schudde van nee. "Niet rechtstreeks, dat gerucht hoorde ik in het dorp. Ze geeft ook veel geld uit. Ze heeft Verdant Valley Vineyards met cash geld gekocht en heeft er ook een hoop geld ingestoken. Ze zegt dat de wijnmakerij slechts een hobby is, maar het verhaal gaat dat ze dure druiven importeert om zo een voorsprong te krijgen op de andere lokale wijnboeren. Ze claimt dat haar wijn op haar landgoed wordt geproduceerd, maar ze verkoopt ongeveer tien keer meer wijn dan ze in haar eigen wijngaard kan verbouwen. Dus het is wel duidelijk dat ze veel meer druiven inkoopt dan ze zelf verbouwt. Natuurlijk ontkent ze dat."

Tyler krabde aan zijn kin. "Hmm, dus wat Antonio zegt klopt."

Ik knikte. "Vlak nadat ze hier was komen wonen, zijn Desiree en Richard hun verhouding begonnen. Desiree schepte er zelfs nog over op door te zeggen dat ze 'meer van Richard kreeg dan een hypotheek'. Dat verhaal deed al snel de ronde. Ik begreep wel waarom Valerie wilde scheiden, want dit was erg vernederend voor haar."

"Hoe goed is Desiree's wijn eigenlijk?" vroeg hij.

Ik haalde mijn schouders op. "Hij is niet slecht. Maar ook niet bijzonder genoeg om ieder jaar op de eerste plaats te eindigen. Hij is niet veel beter dan andere plaatselijke wijnen. Maar ik denk niet dat ze een motief had om Richard te vermoorden. Voor haar is hij levend belangrijker dan dood. Als zijn vriendin was ze er zeker van dat ze met hem in de jury ieder jaar wel de prijs voor de 'Wijn van het Jaar' won. En samen leken ze ook gelukkig."

"Misschien wilde ze meer dan alleen de eerste prijs winnen in een wijnwedstrijd," zei Tyler. "Ze wilde natuurlijk ook dat hij Valerie zou verlaten. Vijf jaar is behoorlijk lang om alleen maar met elkaar te daten zonder verdere vooruitzichten. Misschien ging het minder goed met hun relatie omdat hij steeds beloofde om Valerie te verlaten, maar het nooit deed."

"Dat klopt, maar Desiree zou binnenkort Richard voor zichzelf hebben gehad als Valerie de scheiding had doorgezet." Tyler en ik zagen elkaar nu bijna een jaar. "Hoe lang moet je eigenlijk met elkaar daten voordat je een volgende stap zet?"

Hij bloosde. "Dat weet ik niet precies, maar op een gegeven moment weet je gewoon of je met de juiste persoon een relatie hebt of niet."

"Ben ik de juiste persoon?" De woorden ontsnapten me voordat ik er erg in had. Ik had ze meteen willen terugnemen. Wat als hij niet hetzelfde voor mij voelde als ik voor hem?

"Absoluut." Hij leunde naar voren om me te kussen. "Mmm, Cen…

ik wist het meteen toen ik je zag. Maar, ik betwijfel het of Richard het beste was wat Desiree is overkomen. Ze komt op mij erg opportunistisch over. Ze wilde meer van hem dan alleen liefde. Of de wijnwedstrijd winnen. Hij was ook de bankdirecteur, misschien moeten we het in die hoek zoeken."

"Maar ze is zelf al behoorlijk rijk," zei ik. "Vijf jaar is erg lang om te wachten totdat Richard Valerie eindelijk zou verlaten. Misschien had ze hem een ultimatum gegeven dat hij niet nakwam."

"Of…" Tyler zocht naar woorden. "Misschien had Desiree alleen maar geroepen dat ze wilde dat Richard zou scheiden, maar wilde ze dat niet echt. Toen Valerie de scheiding in gang zette, kon Desiree ongestraft samen zijn met Richard. Misschien wilde ze dat juist helemaal niet, omdat ze hem alleen maar nodig had voor allerlei zaakjes en ze niet eens echt van hem hield."

Ik schudde mijn hoofd. "Als Desiree genoeg had gehad van Richard, dan had ze alleen maar de relatie hoeven te verbreken. Ze had geen motief om hem te vermoorden."

"Bovendien heeft ze een waterdicht alibi," knikte Tyler instemmend. "Er waren de hele ochtend op verschillende tijdstippen tientallen mensen die haar op het wijnfestival hebben gezien."

"Ze zou natuurlijk wel iemand ingehuurd kunnen hebben om hem te vermoorden," zei ik. "Maar ik zie niet in waarom ze dat zou doen."

Tyler keek op zijn horloge. "Ze is al een half uur te laat voor onze afspraak."

Precies op dat moment hoorden we de deur van het districtskantoor dichtvallen en er klonk een vrouwenstem: "Joehoee!! Sheriff Gates? Is daar iemand?"

Het was Desiree LeBlanc. Ze had waarschijnlijk een mooie entree willen maken, maar dat mislukte.

Stiekem vond ik het wel grappig dat er niemand was om haar welkom te heten. Ik bleef ongezien in de ruimte naast de ondervragingskamer zitten, terwijl Tyler het kantoor uit stapte om haar te begroeten.

Vervolgens nam Tyler Desiree mee naar de ondervragingskamer en gebood haar om te gaan zitten.

"Ik ben zo snel mogelijk gekomen," glimlachte Desiree naar Tyler. Haar onderlip trilde toen ze zachtjes zei: "Ik kan het nog niet geloven... mijn Richard... dood... zo plotseling."

Ik bestudeerde Desiree door de spiegel heen. Ze droeg bordeauxrode suède laarzen, een bijpassende legging, en een lange designertrui met daarboven een duur uitziende gouden hanger met een amethyst. Om haar heen hing een enorme parfumwolk die in mijn neus kriebelde, ook al was ik niet eens in dezelfde kamer.

Desiree had de tijd genomen om zich om te kleden, om ergens koffie te halen en ook nog om haar haar te doen. Ze droeg haar lange blonde haar nu opgestoken en een paar lange lokken omlijstten haar gezicht, waardoor haar blauwe ogen goed uitkwamen. "Het wijnfestival was dit jaar echt een ramp. Zonder Richard in de jury was er geen..." Ze stopte met praten, liet haar hoofd zakken en begon te huilen.

Wat een actrice! Zou Tyler erin trappen? Ik had geen idee.

Na ongeveer een minuut keek Desiree weer op. Ze leunde achterover en slaakte een diepe zucht. "Het is zo ontzettend moeilijk. Ik mis Richard nu al enorm."

Tyler ging tegenover haar zitten. "Nog gecondoleerd, Desiree. Heb je enig idee wie Richard zou willen vermoorden?"

"Natuurlijk! Ik weet ook wie het gedaan heeft, Sheriff. Antonio is op heterdaad betrapt op de plek van de moord. Hij heeft mijn liefje vermoord!" Desiree begon onbedaarlijk te huilen.

Tyler schoof de doos met tissues in haar richting. "We kunnen op dit moment nog geen conclusies trekken, Desiree. Het onderzoek is nog in volle gang. Wat we wel zeker weten is dat Antonio is teruggegaan naar zijn wijnmakerij en daar Richard in de kelder aantrof. In ieder geval is dat zijn versie van het verhaal."

Desiree's mond viel open. "Heb je hem niet eens gearresteerd?"

"Zoals ik al zei, het onderzoek loopt nog en we onderzoeken ieder spoor."

"Wordt dit opgenomen?" Desiree's ogen vernauwden zich toen ze uitgebreid de kamer rondkeek, waarbij ze even stilhield bij de doorkijkspiegel.

Tyler knikte. "We nemen altijd alle gesprekken op."

"Oh." Desiree stopte een haarlok achter haar oor, waarbij de enorme diamanten ring aan haar vinger schitterde.

Niet alleen werd ze opgenomen, ze werd ook bekeken.

Door mij.

Ze sloeg haar ogen neer en legde haar handen in haar schoot. Even later deed ze haar hoofd omhoog en keek met een doordringende blik naar de doorkijkspiegel. Haar handen, die nog nooit enig hard werk hadden hoeven doen, friemelden aan haar amethysten hanger.

Ik werd rood, even van mijn stuk gebracht. Ik wist dat ze me niet kon zien. Zelfs als ze vermoedde dat er iemand door de spiegel naar haar keek, dan kon ze nog niet weten dat ik dat was. Toch vond ik het niet prettig om iemand te misleiden, zelfs niet als ik diegene niet erg mocht. Een deel van mij wilde de verhoorkamer binnenrennen en mezelf bekendmaken.

Ik hoefde van Tyler alleen maar te observeren, hield ik mezelf voor. Iedereen die in een verhoorkamer van de politie werd ondervraagd kon toch wel bedenken dat ze op de een of andere manier in de gaten werden gehouden, ofwel via confrontatieglas, of een camera, of allebei. Dat was gewoon een standaard procedure; je zag het bij iedere misdaadserie.

Het was overduidelijk dat Desiree daar helemaal niet aan dacht, want anders was ze niet gaan zitten flirten met Tyler. Ze reikte naar de andere kant van de tafel en legde haar hand op die van hem. "Sheriff, jij bent een man. Je weet toch hoe mannen zijn als ze in hun mannelijkheid worden aangetast?"

Tyler zei niets.

Desiree's wenkbrauwen gingen omhoog, haar hand nog op die van Tyler. "Mannen verliezen soms hun zelfbeheersing. Richard was nogal opvliegend. Ik denk dat dat voor Antonio ook gold. En in het heetst van de strijd, dan raakt iemand weleens… nou ja, oververhit."

Tyler zag er onbewogen uit.

Desiree hield haar hand op die van hem.

Ik kon mezelf maar nauwelijks beheersen. Woedend stond ik op en ijsbeerde heen en weer. Bijna was ik die kamer binnengestormd om haar hand weg te trekken.

Tyler trok zijn hand langzaam onder die van Desiree vandaan en pakte een pen, waarmee hij iets op het notitieblok schreef dat voor hem lag.

Desiree zuchtte en leunde naar voren. "Ik zal je een geheimpje vertellen, Sheriff."

Tyler kopieerde haar houding en leunde ook naar voren, met zijn ellebogen op de tafel. "En wat is dat dan?"

Desiree legde haar hand weer op die van Tyler en schoof hem langzaam omhoog totdat ze haar gemanicuurde vingers om zijn pols kon klemmen. "Een paar weken geleden kwam Antonio bij me langs. Hij smeekte me om hem te helpen en Richard ervan te overtuigen om de inbeslagname uit te stellen. Ik vertelde hem dat het niks uitmaakte wat ik zei, dat Richard niet van gedachten zou veranderen, omdat hij zelf ook geen keuze had. Hij moest de regels van de bank volgen wanneer iemand zijn hypotheek niet meer betaalde. Hij nam zijn baan erg serieus, weet je. Dus ik zei tegen Antonio dat dit geen zin had en dat hij zijn energie beter kon besteden aan het vinden van een manier om zijn achterstallige betalingen te kunnen voldoen, maar hij wilde niet luisteren. In plaats daarvan smeekte hij me om met Richard te praten.

En ik heb ook inderdaad met Richard gepraat; ik vroeg hem of er geen bepaalde clausules waren die Antonio meer tijd konden geven. Hij zei dat hij het uit zou zoeken voor mij. Wat als Richard nu met Antonio had afgesproken, omdat ik het had gevraagd? Is het op de een of andere manier mijn schuld wat Antonio heeft gedaan?" Ze liet haar hoofd zakken en huilde.

Met zijn vrije hand schoof Tyler de doos met tissues dichter naar Desiree toe. Hij trok zijn andere hand niet los, maar ik zag de spieren in zijn kaak verstrakken.

Waarom trok Tyler zijn hand niet los? Was dit een tactische zet, zodat Desiree zich tijdens het interview beter op haar gemak voelde, of was het iets anders? Tante Pearl vond het maar niets dat ik een relatie had met de sheriff van ons dorp en hoe serieuzer wij werden, des te vervelender vond ze het. Had ze soms een liefdesspreuk uitgesproken over Tyler en Desiree om ons uit elkaar te halen?

Nee. Ondanks dat ze waarschijnlijk liever zag dat we uit elkaar gingen, gaf ze om me en zou ze niets doen wat mijn hart zou breken. Daar moest ik echt in geloven. Maar het zou me niets verbazen als ze toch een wat minder sterke spreuk op hem had losgelaten. Er was maar één manier om daar achter te komen.

Ik focuste op Tyler en fluisterde:

Doe mij een plezier
  Toon mij summier
  Welke betovering moet ik vrezen
  Hoe behekst is dit wezen

Magische gedachten
  In zijn hoofd
  Naar wie zal hij smachten
  Hij heeft mij iets beloofd

Ik neem hem mee
  Hij wordt heel gedwee
  Ik maak alles weer goed
  Dan zal hij... -

NOG MAAR NET OP TIJD KON IK MEZELF INHOUDEN. Bijna had ik een spreuk over mijn vriend uitgesproken! Oké, het was een neutraliserende spreuk om een eerdere spreuk te ontkrachten, als die er al was geweest. Maar toch, ik zou iemands leven beïnvloeden. Dat van Tyler nog wel! Wat bezielde me in 's-hemelsnaam?!

Tyler wist van mijn bovennatuurlijke krachten. En hij vertrouwde me ook volledig. Maar of dat ook betekende dat hij het niet erg vond als ik een toverspreuk over hem uitsprak, ook al was dat om hem te beschermen?

Waarschijnlijk niet. Tyler was een volwassen man en kon heel goed op zichzelf passen. Bovendien kon hij meestal best goed omgaan met tante Pearls grillen, ondanks dat ze hem continu probeerde dwars te zitten.

Eigenlijk deed ik dit dus meer voor mezelf dan voor Tyler.

Of tante Pearl Tyler had betoverd of niet, het was niet goed dat ik hetzelfde deed. Ik voelde mijn wangen rood worden van schaamte. Diep in mijn hart wist ik ook wel dat Tyler van me hield. En zelfs als hij dat morgen niet meer zou doen, dan zou ik hem ook niet met een toverspreuk kunnen dwingen. Liefde kan men niet dwingen met magie. En magie kon ook ware liefde niet tegenhouden. Het uitspreken van toverspreuken om de verkeerde redenen werkt niet alleen maar kort, maar zorgt alleen maar voor een gebrek aan vertrouwen op de lange termijn.

Dit paste helemaal niet bij mij.

Zeker, ik was nu een ervaren heks. Maar dat had ook nadelen. Het was erg makkelijk om het heft in eigen hand te nemen en toverspreuken uit te spreken om iets voor elkaar te krijgen. Zoals miljonairs genoeg geld hebben om te kunnen kopen wat ze willen, zo beschikte ik over magie. Als heks kon ik toverspreuken gebruiken om mijn dromen uit te laten komen. Maar alleen het feit dat je iets kúnt doen, betekent niet dat je er goed aan doet.

Eindelijk begreep ik nu ook waarom tante Pearl haar toverspreuken inzette als het niet ging zoals zij het wilde. Het was heel verleidelijk om te strooien met hekserij als alles anders liep dan gepland. Tante Pearl was als heks enorm getalenteerd, maar ze had een aantal slechte eigenschappen: ze was ongeduldig, wraakzuchtig en gewend om haar zin te krijgen. Ik keek enorm tegen haar op als heks, maar ik wilde mijn krachten niet alleen maar gebruiken omdat het kon, of om wraak te nemen.

Nee, dit paste echt niet bij mij.

Ik haalde even diep adem en sprak heel snel een terugdraaispreuk uit om mijn ondoordachte neutraliseerspreuk teniet te doen. Daarna richtte ik me weer op Tyler en Desiree.

Ik zou me echt niet van de wijs laten brengen door die manipulatieve trut.

Adem in.

Tyler deed alleen maar zijn werk. En daar hoorde ook wat psychologie bij ten opzichte van Desiree. Hij wilde haar zo op haar gemak stellen dat ze niet meer zo op haar hoede was. Een goede ondervrager bouwt een goede verstandhouding op en vertrouwen. Als Tyler zijn hand zou wegrukken, dan zou Desiree weinig meer loslaten.

Toch zat het me dwars dat Desiree zich wel erg vrij gedroeg tegenover mijn vriendje.

Eigenlijk wilde ik nog steeds de kamer hiernaast binnenrennen en haar hand losrukken.

Eigenlijk wilde ik haar nog steeds vervloeken.

Ik kon wel zoveel willen, maar het zou niets veranderen. Tyler zou Desiree toch moeten ondervragen en ik was hier alleen maar omdat ik haar moest observeren en niet omdat ik me ermee wilde bemoeien.

Natuurlijk, Tyler wist ook dat ik aan de andere kant van de spiegel zat, toekijkend hoe dit allemaal zou verlopen, en hij hoopte ook dat ik niet binnen zou komen stormen.

Dat zou ik wel doen, toverspreuk of niet, als ze niet *onmiddellijk* zijn hand zou loslaten.

Gelukkig, precies op dat moment trok Tyler zijn hand los, omdat hij zogenaamd nog wat moest opschrijven.

Ik ademde uit, opgelucht, maar ik schaamde me ook omdat ik zo jaloers was.

Het maakte me woest dat Desiree iedere keer zodra ze met Tyler alleen was, met hem flirtte. Daardoor had ik totaal geen respect meer voor haar. Iedereen wist dat Desiree heel ver ging in haar manipulatieve en flirterige gedrag om haar zin te krijgen. Maar het voelde toch anders wanneer het om mijn eigen vriend ging. En ze was hier notabene omdat haar eigen vriend net was vermoord. Ik kon me echt niet voorstellen dat ik me zo zou gedragen als er iets met Tyler was gebeurd.

Ineens was ik terug in de werkelijkheid. Mijn taak was om het interview te observeren, niet om te dagdromen.

"Wanneer heb je Richard voor het laatst gezien?" vroeg Tyler net.

"Dat weet ik niet precies. Hij bracht me vanmorgen vroeg naar het wijnfestival," zei Desiree. "We zijn samen naar binnen gegaan. Ik had een beetje haast omdat ik wilde zien of mijn kraam op dezelfde plek stond als vorig jaar. Je weet wat ze zeggen in de makelaardij: locatie, locatie, locatie!" Ze lachte zenuwachtig. "Gelukkig stond alles precies zoals ik wilde. Richard is een paar keer heen en weer gelopen naar de auto om mijn wijn op te halen. Ik had extra dozen nodig dit jaar, omdat mijn wijn zo populair is."

"Hoe laat was dat?" vroeg Tyler.

"Rond een uur of negen."

"Dus toen heb je hem voor het laatst gezien? Rond een uur of negen vanmorgen?"

"Ik heb niet op mijn horloge gekeken, maar het was rond die tijd. Richard heeft verder niets tegen mij gezegd over dat hij ergens heen moest, als dat is wat je wil weten."

"Hij zei niets over een afspraak met Antonio?"

Desiree schudde haar hoofd. "Niet tegen mij. Toch betwijfel ik het of hij een afspraak met hem had, want hij zou nooit iets anders plannen tijdens het wijnfestival. Maar misschien had hij medelijden met Antonio. Richard was altijd erg begaan met mensen bij wie alles enorm tegenzat."

"Heb je hem zien praten met Antonio?"

Desiree knikte. "Antonio trok Richard opzij, net toen we de sporthal inliepen. Ik draaide me even om om iets tegen iemand te zeggen en toen ik weer keek waren ze allebei verdwenen."

"Heb je hen samen zien vertrekken?"

"Nee, ik zag hen allebei niet meer. Ik dacht toen dat Richard wel bezig zou zijn met andere dingen voor die dag. De dag van het wijn-festival is voor hem de drukste dag van het jaar. En bovendien hadden we al speciale plannen voor die avond. Ik dacht dat hij me wilde vragen...of..." Desiree's stem brak. "Hij zou me ten huwelijk vragen!"

"Hebben jullie het hier dan over gehad?" Tyler zei niets over het onvermijdelijke feit dat Richard al met iemand anders was getrouwd.

Desiree trok een tissue uit de doos en bette haar ogen. "Ja, in het algemeen. Hij zei dat hij een verrassing voor me had vanavond. Valerie had tegen hem gezegd dat ze wilde scheiden. Eindelijk. Hij was er blij om, opgelucht. Ondanks dat ze bij een scheiding de helft van alles zou krijgen. Richard zei dat we eindelijk samen konden zijn. M-maar kennelijk was ons dat niet gegeven." Desiree sloeg haar handen voor haar gezicht en begon weer te huilen.

HOOFDSTUK 21

*E*en paar minuten nadat Desiree was vertrokken vloog de deur van het districtskantoor open. Helemaal buiten adem stormde tante Pearl naar binnen. Ze sloeg de deur dicht en leunde er tegenaan. "De wet handhaven is zo vermoeiend! Ik had Tyler beloofd dat ik ervoor zou zorgen dat het wijnfestival afgelopen zou zijn zodra de alcoholvergunning verliep."

"Was dat je geheime opdracht?" vroeg ik, terwijl ik me afvroeg hoe ze er in haar eentje in was geslaagd om alle bezoekers weg te krijgen ondanks dat de jurering nog niet was afgelopen.

"Natuurlijk niet, Cen. Hij heeft me twee dingen gevraagd en dit was nog de makkelijke taak. Alles is geregeld." Ze ging aan de tafel zitten en staarde me aan, haar ogen glommen van plezier. "Oeh, wat ben ik goed!"

"En hoe is je supergeheime taak gegaan?" Ik wilde zo enorm graag weten wat Tyler aan haar had gevraagd en ik hoopte dat ze erin zou trappen.

"Sorry, Cen, dat is vertrouwelijke informatie. Ik heb geheimhouding gezworen." Ze maakte een dichtritsgebaar bij haar lippen.

"Je weet dat wat Tyler jou vertelt, hij ook tegen mij vertelt?"

140

Tante Pearl snoof: "Oh, maar dit niet, Cen, dat weet ik zeker. Je zou alles verpesten."

Ik keek even naar het kantoor om er zeker van te zijn dat Tyler niet in de buurt was en zei: "Ik weet wel wat je gedaan hebt, tante Pearl. Je hebt Mams sleutel van Lombard Wines gestolen!"

"Nietwaar, Cendrine! Ik ben geen dief!"

"Je hebt anders wel Antonio's wijn meegenomen. En je kunt niet ontdekken dat je die gewoon open en bloot hebt staan verkopen bij het straatcafé."

Ze haalde haar schouders op. "Dat was geen stelen. Ik heb hem gebruikt, en voor een goed doel ook nog eens."

"Als je de wijn uit Antonio's truck hebt meegenomen zonder zijn toestemming, dan is dat diefstal, ondanks je goede bedoelingen." Ik was nu tegelijkertijd boos en nieuwsgierig. "Hoe ben je het hek door gekomen bij Lombard Wines als je geen sleutel had?"

"Moet ik jou dat nog uitleggen, Cen?"

"Heb je dat ook tegen Tyler verteld?"

"Natuurlijk niet, en waag het niet om het tegen hem te vertellen. Heksen verraden geen andere heksen, Cendrine."

Hoofdstuk 22

Tyler zat in zijn kantoor aan de telefoon met de rechercheurs van Shady Creek. Voor zover ik het kon horen, hadden de rechercheurs wat filmopnames verzameld van bewakingscamera's van verschillende bedrijven die aan de route lagen van het wijnfestival tot aan Lombard Wines. Vanwege het wijnfestival was er meer verkeer geweest dan gebruikelijk, maar de meeste mensen gingen de andere kant op, in de richting van het festival en niet naar Lombard Wines.

De politie in Shady Creek was klaar met de ondervraging van Antonio en hadden hem voorlopig vrijgelaten zonder hem ergens van in beschuldiging te stellen. Trina was al onderweg om hem op te halen, wat ongeveer een uur rijden was.

Ik zat in het kantoor en mijn koffie was koud geworden. Ik had het hele internet afgezocht naar informatie over het SecureTech-slot, en alles wees erop dat het niet op de een of andere manier gehackt kon worden. Aan de andere kant gingen handleidingen natuurlijk niet uit van een staaltje hekserij. Tante Pearl had al toegegeven dat ze het toegangshek van Lombard was binnengedrongen. Was het mogelijk dat zij, of eventueel een andere heks, met een toverspreuk ook het biometrische vingerafdrukslot open had gekregen?

Eigenlijk moest ik precies weten wat de sterke en zwakke punten waren van het SecureTech-slot, maar omdat ik het slot zelf niet in handen had, was dat lastig te onderzoeken. Ik kon niet rommelen met het slot van Antonio zonder bewijs te vernietigen. Ik had ook geen handleiding en op dit moment waren er nog geen andere verdachten in beeld. Er miste nog een heel belangrijk stukje van de puzzel en de tijd drong.

Een nieuw slot kopen zou tijd en geld kosten en dat hadden we niet. Als dit niet wat hekserij zou rechtvaardigen, dan wist ik het ook niet meer.

Als ik het slot niet kon kopen, dan moest ik er eentje tevoorschijn toveren.

Technisch gezien was dit een overtreding van de WICCA-regels, omdat ik een waardevol object kreeg zonder ervoor te betalen. Ik haatte het om de regels te overtreden!

Aan de andere kant wist ik ook waarom tante Pearl het nooit zo nauw nam met de regels. De WICCA was heel streng en er werden soms regels verzonnen die totaal niet logisch waren. Op dit moment was dit nog mijn enige optie.

Ik deed mijn ogen dicht, probeerde een plaatje van het slot voor me te zien en fluisterde de toverspreuk:

Een, twee, drie,
    SecureTech en zie!

Bonk!

Een kartonnen doos met SecureTech-opdruk verscheen voor mijn ogen en een halve seconde later viel hij met een luide bons op tafel.

"Cen, alles goed daar?" riep Tyler. "Wat was dat geluid?"

"Oh... niks! Ik liet een boek vallen." Ik trok de doos naar me toe en wachtte totdat ik er zeker van was dat hij niet zou komen kijken. Ik maakte de doos open en pakte de gebruiksaanwijzing. Mijn bedoeling was om het slot te programmeren met mijn eigen vingerafdruk en dan te onderzoeken hoe ik de biometrische scan kon omzeilen. Dat was tenminste mijn plan. Maar ja, ik ben geen slotenmaker en van techniek heb ik ook niet veel verstand, dus ik hoopte maar dat het me stapje voor stapje en met een vleugje magie zou lukken om de boel te ontgrendelen.

Maar eerst moest ik alle instructies lezen. Ik mocht geen enkele fout maken.

Het slot met de pincode was duidelijk. De fabrieksinstelling was 12345. Om deze te kunnen veranderen, moest ik een speciaal apparaatje aansluiten op het slot dat was bijgeleverd, en dan de pincode intoetsen die ik wilde gebruiken. Ik veranderde de code naar 77711 en sloot af. Ik verwijderde het apparaatje en toetste mijn eigen pincode in. Het slot klikte open.

Dat ging goed.

Ik wilde net met de volgende stap beginnen, de vingerafdrukscanner, maar opeens kreeg ik een ingeving. Achteraf gezien was het zo duidelijk en toch had niemand van ons eraan gedacht.

Op dit moment had ik een biometrisch slot in handen dat nog niet was geprogrammeerd. Wat als het slot van Antonio ook nooit goed was geïnstalleerd? Hij had verteld dat het groene lampje niet werkte. Als dat het geval was, dan zouden er ineens veel meer mensen verdacht kunnen zijn. De moordenaar had dan alleen maar het slot met de pincode hoeven te omzeilen en niet de vingerafdrukscanner.

Mijn handen beefden terwijl ik de instructies las. "Tyler! We moeten direct terug naar de wijnmakerij!"

HOOFDSTUK 22

*T*yler zat in zijn kantoor aan de telefoon met de rechercheurs van Shady Creek. Voor zover ik het kon horen, hadden de rechercheurs wat filmopnames verzameld van bewakingscamera's van verschillende bedrijven die aan de route lagen van het wijnfestival tot aan Lombard Wines. Vanwege het wijnfestival was er meer verkeer geweest dan gebruikelijk, maar de meeste mensen gingen de andere kant op, in de richting van het festival en niet naar Lombard Wines.

De politie in Shady Creek was klaar met de ondervraging van Antonio en hadden hem voorlopig vrijgelaten zonder hem ergens van in beschuldiging te stellen. Trina was al onderweg om hem op te halen, wat ongeveer een uur rijden was.

Ik zat in het kantoor en mijn koffie was koud geworden. Ik had het hele internet afgezocht naar informatie over het SecureTech-slot, en alles wees erop dat het niet op de een of andere manier gehackt kon worden. Aan de andere kant gingen handleidingen natuurlijk niet uit van een staaltje hekserij. Tante Pearl had al toegegeven dat ze het toegangshek van Lombard was binnengedrongen. Was het mogelijk dat zij, of eventueel een andere heks, met een toverspreuk ook het biometrische vingerafdrukslot open had gekregen?

144

Eigenlijk moest ik precies weten wat de sterke en zwakke punten waren van het SecureTech-slot, maar omdat ik het slot zelf niet in handen had, was dat lastig te onderzoeken. Ik kon niet rommelen met het slot van Antonio zonder bewijs te vernietigen. Ik had ook geen handleiding en op dit moment waren er nog geen andere verdachten in beeld. Er miste nog een heel belangrijk stukje van de puzzel en de tijd drong.

Een nieuw slot kopen zou tijd en geld kosten en dat hadden we niet. Als dit niet wat hekserij zou rechtvaardigen, dan wist ik het ook niet meer.

Als ik het slot niet kon kopen, dan moest ik er eentje tevoorschijn toveren.

Technisch gezien was dit een overtreding van de WICCA-regels, omdat ik een waardevol object kreeg zonder ervoor te betalen. Ik haatte het om de regels te overtreden!

Aan de andere kant wist ik ook waarom tante Pearl het nooit zo nauw nam met de regels. De WICCA was heel streng en er werden soms regels verzonnen die totaal niet logisch waren. Op dit moment was dit nog mijn enige optie.

Ik deed mijn ogen dicht, probeerde een plaatje van het slot voor me te zien en fluisterde de toverspreuk:

Een, twee, drie,
SecureTech en zie!

BONK!

Een kartonnen doos met SecureTech-opdruk verscheen voor mijn ogen en een halve seconde later viel hij met een luide bons op tafel.

"Cen, alles goed daar?" riep Tyler. "Wat was dat geluid?"

"Oh… niks! Ik liet een boek vallen." Ik trok de doos naar me toe en wachtte totdat ik er zeker van was dat hij niet zou komen kijken. Ik maakte de doos open en pakte de gebruiksaanwijzing. Mijn bedoeling was om het slot te programmeren met mijn eigen vingerafdruk en dan te onderzoeken hoe ik de biometrische scan kon omzeilen. Dat was tenminste mijn plan. Maar ja, ik ben geen slotenmaker en van techniek heb ik ook niet veel verstand, dus ik hoopte maar dat het me stapje voor stapje en met een vleugje magie zou lukken om de boel te ontgrendelen.

Maar eerst moest ik alle instructies lezen. Ik mocht geen enkele fout maken.

Het slot met de pincode was duidelijk. De fabrieksinstelling was 12345. Om deze te kunnen veranderen, moest ik een speciaal apparaatje aansluiten op het slot dat was bijgeleverd, en dan de pincode intoetsen die ik wilde gebruiken. Ik veranderde de code naar 77711 en sloot af. Ik verwijderde het apparaatje en toetste mijn eigen pincode in. Het slot klikte open.

Dat ging goed.

Ik wilde net met de volgende stap beginnen, de vingerafdrukscanner, maar opeens kreeg ik een ingeving. Achteraf gezien was het zo duidelijk en toch had niemand van ons eraan gedacht.

Op dit moment had ik een biometrisch slot in handen dat nog niet was geprogrammeerd. Wat als het slot van Antonio ook nooit goed was ingeïnstalleerd? Hij had verteld dat het groene lampje niet werkte. Als dat het geval was, dan zouden er ineens veel meer mensen verdacht kunnen zijn. De moordenaar had dan alleen maar het slot met de pincode hoeven te omzeilen en niet de vingerafdrukscanner.

Mijn handen beefden terwijl ik de instructies las. "Tyler! We moeten direct terug naar de wijnmakerij!"

HOOFDSTUK 23

Terwijl we met hoge snelheid naar Lombard Wines onderweg waren, vertelde ik Tyler wat ik had bedacht. Antonio had van Tyler nog geen toestemming gekregen om terug te keren naar zijn eigen huis, dus hij zou voorlopig bij Trina blijven. Dankzij het effect van tante Pearls toverspreuk leek hij dat helemaal niet erg te vinden.

"Heeft Antonio je de pincode van het slot gegeven?" vroeg ik.

Tyler knikte. "Ik denk dat we die wel kunnen testen met de deur open. Ik had liever gezien dat een monteur dit experiment zou doen, maar ik zie er geen kwaad in. Als we iets fout doen, dan kan de monteur dat later wel oplossen. En voor het geval dat, zullen we alles opnemen."

"Als we er toch eens achter konden komen wie dit heeft gedaan..." Ik was al bezig met vooruit denken. Misschien vonden we wel nieuwe verdachten. Dan zou Antonio onder de inbeslagname uit kunnen komen. Het zou alle problemen oplossen. Als mijn experiment tenminste werkte.

"Reken er nu maar niet te veel op, Cen. Ik zou ook graag geloven dat hij het niet heeft gedaan, maar we zijn er nog lang niet."

En dat terwijl we nog maar 24 uur hadden om alles op te lossen, want anders zou Tyler voor een moeilijke beslissing komen te staan.

Als Sheriff moest Tyler dan besluiten of Lombard Wines werd vrijgegeven aan de rechtmatige eigenaar. En wie dat was, zou aanstaande maandagochtend duidelijk worden wanneer de officiële inbeslagname zou plaatsvinden. Technisch gezien was Antonio dan ook nog de eigenaar, of alles nu in beslag zou worden genomen of niet. Het zou namelijk meestal wel wat tijd kosten voordat de definitieve uitzetting geregeld was.

We arriveerden bij het toegangshek van Lombard Wines en Tyler sprong uit de Jeep om het hek open te maken. Ik was me er heel goed van bewust dat we op zoek waren naar antwoorden op vragen die compleet onlogisch waren. Gelukkig stond Tyler wel open voor mijn idee. Leek het er in eerste instantie op dat het een uitgemaakte zaak was, nu zag het ernaar uit dat Antonio erin was geluisd. Alle bewijzen tegen hem waren gewoon te perfect.

Tyler parkeerde de Jeep en draaide zich naar me om. "Ik hoop dat we iets vinden, Cen. Er wordt van mij verwacht dat ik Antonio in staat van beschuldiging stel. De zaak is mijn verantwoording, niet van Shady Creek, maar zij denken wel dat Antonio de enige is geweest die het kan hebben gedaan. Als ik nu de mist inga, dan ben ik mijn baan kwijt."

Ik voelde de spanning in mijn lijf toen ik Tyler over het parkeerterrein volgde. Hij maakte de voordeur van de wijnmakerij open en we gingen naar binnen. Ondanks dat de namiddagzon door de ramen scheen, voelde de plek sinister aan. Ik deed de deur achter me dicht en op slot.

Binnen was het koel, maar niet zo koel als het gisteren was geweest toen we de wijn bottelden. Was dat pas gisteren geweest? Het voelde als een eeuwigheid geleden.

"Zelfs al was Antonio de moordenaar, dan had hij hem toch niet vermoord in de wijnmakerij of in de wijngaard van zijn familie?" zei ik. "Hij is idolaat van deze plek."

"Dat willen we graag denken omdat we hem kennen, Cen. Maar dat wordt ingegeven door ons gevoel en niet door de feiten. De juryleden van een eventueel proces zullen Antonio zien als een wanhopige man en er is een lading bewijs dat tegen hem spreekt. Ze kunnen niet anders dan hem schuldig bevinden, want op dit moment is er zelfs geen flintertje twijfel dat hij het *niet* heeft gedaan."

"Behalve dan dat Antonio het al helemaal had opgegeven," zei ik. "Hij had helemaal geen fut of kracht meer om iemand te kunnen vermoorden."

"Dat weet de jury toch niet?" Tyler zuchtte en liep richting de trap naar de wijnkelder. Net als eerder werd de kelderdeur opengehouden door het wijnvat. Dat zou zo blijven totdat het slot door SecureTech opnieuw zou worden geprogrammeerd, aangezien Antonio de enige was die het slot nu kon openen.

Ik moest even slikken bij de gedachte aan tante Pearl, die zei dat ze stiekem de wijnmakerij binnen was gegaan. Had ze erover gelogen om mij op stang te jagen? Ik wilde nu nog niets zeggen over tante Pearls bezoekje; het zou alleen maar meer verwarring opleveren. Als ik gelijk had, dan zouden er vanzelf nieuwe verdachten boven water komen en dan kon ik er altijd nog iets over zeggen.

Ik rilde toen we de trap afliepen naar de wijnkelder. Het was hier veel killer en vochtiger dan ik me kon herinneren.

"Moet iemand de boel hier niet bewaken?" vroeg ik.

"De plek van de misdaad is vrijgegeven," zei Tyler. "Het forensische team heeft alle bewijzen verzameld en het slot en alle andere zaken zijn onderzocht op vingerafdrukken."

"Maar het is nooit eerder gebeurd dat je een plek van de misdaad al zo snel vrijgeeft. Betekent het soms dat je er zeker van bent dat..."

"Ik ben helemaal nergens meer zeker van," zuchtte hij. "Maar ik heb er alle vertrouwen in dat we alle mogelijke bewijzen hebben verzameld en hoe langer we bezig zijn, des te gecompliceerder wordt de hele situatie, nu de inbeslagname van de bank eraan komt."

"Je hebt Antonio's pincode, toch?"

Tyler knikte en gaf me zijn telefoon. "Begin maar met opnemen."

Ik hield de telefoon omhoog en startte de opname toen Tyler een papiertje uit zijn zak pakte en het voor de camera hield.

Ik hapte even naar adem. "Is dit een grap soms? 12345 is de

fabrieksinstelling! Antonio heeft zelfs niet eens een eigen code inge-programmeerd!"

Tyler fronste. "Maar kan hij wel zijn vingerafdruk hebben gepro-grammeerd?"

"Nee! Dat kan pas als hij een nieuwe code had ingevoerd, anders dan de fabrieksinstelling. Of hij heeft hem gereset, of hij heeft er nooit een nieuwe code ingezet. Ik snap er niets van. Hij leek te suggereren dat hij het wel had gedaan. En ik heb gezien dat hij een code intoetste en zijn wijsvinger liet scannen. Tante Pearl heeft het ook gezien."

"Hoe wordt het cijferslot gereset?"

"Je hebt een speciaal apparaatje nodig dat je bij het slot krijgt," zei ik. "Dat is om de pincode te kunnen veranderen. En wat de vingeraf-drukscanner betreft: Antonio zei dat het groene lampje het niet deed. Dus ofwel het slot was nooit geprogrammeerd met zijn vingerafdruk, of iemand anders heeft het slot teruggezet naar de fabrieksin-stellingen."

"Dat kunnen we controleren." Tyler toetste opnieuw de code in, maar de pen van het slot bleef uit staan, als bij een dicht slot.

"Dan had ik het mis," zei ik met een zucht. "Er is toch een vingeraf-druk nodig."

Maar een paar seconden later schoot de pen naar binnen en was het slot open, tot onze grote verbazing.

"Er zit een vertraging op," zei ik. "Antonio dacht dat zijn vingeraf-druk gescand werd, maar dat gebeurde helemaal niet. Of er nu wel of niet een vingerafdrukscan in ingeprogrammeerd, het slot werkt met een tijdvertraging. Dat geeft de gebruiker een paar seconden de tijd om de pincode in te toetsen en dan de vingerafdrukscanner te gebrui-ken. Die vertraging duurt best wel lang; geen wonder dat Antonio daadwerkelijk dacht dat zijn vingerafdruk werd gescand. Dat er geen groen lampje te zien was, had hem duidelijk moeten maken dat de scanner helemaal niet werkte."

Ik stopte de opname en gaf Tyler zijn telefoon terug.

"Goed gedaan, Cen."

"Het slot is de ontbrekende sleutel."

"Heel grappig," lachte Tyler. "Het pleit Antonio niet vrij, maar het betekent wel dat er misschien meer verdachten zijn."

"Er is nog een optie, maar ik hoop niet dat dat het is, want dat zou nog steeds wijzen op Antonio." Tijdens mijn research had ik een heleboel geleerd over sloten.

"Wat dan?" vroeg Tyler.

"Weet je het verschil tussen een 'fail-safe' en een 'fail-secure' slot?"

"Ik heb geen idee," zei Tyler.

"Als er een stroomonderbreking is, gaat een fail-safe slot open en een fail-secure slot blijft gesloten. Ik weet niet wat voor type slot dit is, maar het is mogelijk dat als de stroom was uitgezet, het slot open is gegaan."

"En de vingerafdrukscanner?"

Ik haalde mijn schouders op. "Misschien wordt dat geheugen wel gewist. In de instructies staat niets over wat er gebeurt wanneer de stroom uitvalt. Dat probeer ik nog uit te zoeken." Ik vertelde hem over het bericht dat ik had achtergelaten bij SecureTech.

"De moordenaar wist misschien ook dat het slot open zou gaan wanneer de stroom werd uitgeschakeld," bedacht Tyler.

"Het is wel een enorm prijzig slot, Tyler. Je mag toch verwachten dat het niet openspringt."

"Dat is ook wat ik denk," zei Tyler. "Maar de echte vraag is, wie wil zowel van Richard als van Antonio af?"

HOOFDSTUK 24

egen de tijd dat Tyler en ik bij het wijnfestival terugkwamen, was het al afgelopen. Het parkeerterrein was leeg en de deuren naar de sporthal waren dicht. Tante Pearl had er inderdaad voor gezorgd dat alles en iedereen weg was voordat de alcoholvergunning was verlopen.

Toch?

"Wacht even." Ik sprong uit de auto en rende naar de deur, waar nu een groot wit papier aan hing. Met een zwarte viltstift was geschreven dat alle bezoekers van het wijnfestival naar een andere locatie konden gaan; de enige andere plek in het dorp met een alcoholvergunning: de Witching Post Bar en Grill, het café van mijn familie. Ik was er vrij zeker van dat dit niet volgens instructies van Tyler was geweest.

Tante Pearl had het hele festival gewoon verplaatst naar ons eigen café, omdat die wel een alcoholvergunning had. En tante Pearl zou tante Pearl niet zijn als ze de hele situatie niet had omgebogen naar haar eigen voordeel.

* * *

TIEN MINUTEN LATER KWAMEN WE BIJ DE WICHTING POST AAN, waar het bomvol stond met auto's en binnen luide, dronken stemmen klonken. We gingen naar binnen, waar iedereen moest staan vanwege de drukte. In een hoek van het café was provisorisch een podium gebouwd waarop Carolyn Conroe, tante Pearls alter-ego gebaseerd op Marilyn Monroe, stond te zwaaien. Ze had het podium natuurlijk snel tevoorschijn getoverd, maar het zag er nog simpel uit, vergeleken bij de overdreven details van vuurwerk en andere kermistoestanden die ze anders altijd uit de kast trok. Haar toverkunsten leken wat flauwtjes, maar ze had natuurlijk ook al de hele dag haar best gedaan om wijn te verkopen, de westrijd op het festival te leiden en een geheime opdracht voor de politie uit te voeren. Dat was best veel, zelfs voor haar.

We stonden nog in de deuropening en hadden al een heleboel actie gemist, gezien het enorme bord dat boven het podium hing waar alle winnaars per categorie op vermeld stonden.

De Witching Hour Red Merlot van Mam had gewonnen in de categorie Beste Nieuwe Wijn; de laatste categorie die was beoordeeld voordat de alcoholvergunning van het festival afliep. Er was nog één categorie die beoordeeld moest worden en dat was de belangrijkste: de Wijn van het Jaar. De hoop die ik had dat de jurering snel klaar zou zijn sloeg de bodem in, want ondertussen was de hele wijnproeverij omgeslagen in een ordinair drinkgelag.

Ik vermoedde dat de meeste mensen hier waren om te zien of Desiree zou winnen of verliezen bij de Wijn van het Jaar, nu haar vriend Richard er niet was om te jureren.

Als ze verloor, dan had je de poppen aan het dansen. Het was voor Desiree al heel erg om niet de eerste prijs te winnen in de categorie Beste Nieuwe Wijn, maar als dat ook gebeurde bij de Wijn van het Jaar, dan was het drama compleet. Als ze die ook zou verliezen, dan ging ze vast helemaal door het lint. De spanning was veel hoger bij dit festival dan bij eerdere edities. Het enige positieve was dat niemand Richard leek te missen. Eigenlijk leek het er zelfs op dat iedereen het nu veel beter naar zijn zin had. Dankzij het format van tante Pearl was de wedstrijd veel leuker en spannender geworden.

Het podium was veel te klein voor de drie juryleden en Carolyn Conroe samen. Ze zaten op barkrukken in plaats van op stoelen en leunden tegen elkaar aan terwijl ze dronken hun glazen omspoelden. Ze morsten wijn, braken wijnglazen en het scheelde niet veel of ze waren als dominosteentjes van het podium gevallen. Ze hadden geen wijnglazen meer over en daarom moesten ze nu na ieder wijnmonster hetzelfde glas omspoelen en hergebruiken.

"Drink op, mensen!" brabbelde Carolyn Conroe in de microfoon. Ze dronk een glinsterende rode avondjurk met pailletten, gemaakt van dezelfde stof als tante Pearls trainingspak. "We gaan bijna onthullen wie de Wijn van het Jaar heeft gewonnen en daarmee de algehele winnaar is van het Westwick Corners Wijnfestival!"

"Godzijdank," zei ik tegen Tyler. "Ik ben wel benieuwd wie het zal zijn."

"Wat maakt het uit, als iemand maar wint," antwoordde hij.

Wat mij betreft kon het niet snel genoeg bekendgemaakt worden.

Opeens sprong Desiree op van haar stoel, rende het podium op en greep naar de microfoon, waarbij ze Carolyn omver duwde. "Dit kun je niet maken! Deze uitslag is niet officieel goedgekeurd!"

"Uh-oh". Mijn hartslag versnelde. Tante Pearl, of liever gezegd Carolyn, zou dit niet zo maar over haar kant laten gaan.

"Nee toch!" Tylers mond viel open van verbazing.

Carolyn Conroe krabbelde overeind en schopte Desiree onderuit. Desiree struikelde en viel neer op het podium, waar ze in foetushouding bleef liggen.

Carolyn haalde diep adem en maakte met haar hand in de lucht het gebaar van een grote boog.

Ze had daarmee iedereen in de bar in het moment bevroren. Iedereen die geen heks was tenminste. Ook Tyler stond bewegingloos naast me.

Van achter de bar kwam Mam aangerend. "Wat is er aan de hand?"

"Mam, ze heeft de stilstandspreuk over iedereen uitgesproken!" riep ik. "Stop daarmee, tante Pearl!"

"Pearl, je kunt mensen niet zo behandelen." Mam klonk geïrriteerd. "Stop de betovering zodat we verder kunnen met de jurering.

En hou eens op met die achterlijke Carolyn-vertoning. Je brengt iedereen in de war."

"Je hoeft mij niet te vertellen wat ik moet doen, Ruby! Die vrouw viel me aan, het was niets anders dan zelfverdediging." Maar Carolyn veranderde toch terug naar tante Pearl.

Ik keek naar het podium waar Desiree opgekruld op haar zij lag vlak bij de drie juryleden. "Je had haar niet zo hard hoeven aan te pakken."

"Er was anders niemand anders die mij te hulp kwam in dit wetteloze dorp." Tante Pearl probeerde me met een nepglimlachje uit te dagen.

Ik volgde haar blik naar Tyler, die nog steeds bewegingloos bij de deur stond. "En hoe zou hij je moeten helpen? Je hebt hem zelf bewusteloos gemaakt."

"Hou op met muggenziften, Cendrine!"

Ik zuchtte van ergernis. Deze discussie was zinloos. Ik haalde even diep adem en sprak de terugdraaispreuk uit:

Neem de toekomst
Houd alles tegen
Nu kan het heden
Opnieuw worden verkregen

Zodra ik de toverspreuk van mijn tante had teruggedraaid, sprak ik een nieuwe uit; deze keer een bevriezingsspreuk, alleen voor haar.

"Wel verdr...!" tante Pearls handen trilden toen ze probeerde te bewegen. Paniekerig keek ze rond en stopte bij mij. "Cendrine, maak je toverspreuk onmiddellijk ongedaan!"

Het was niet mijn beste toverspreuk en hij was ook niet heel goed gelukt, aangezien tante Pearl nog steeds haar hoofd een beetje kon bewegen. Even snel wat hekserij toepassen leverde soms wat rommelige resultaten op.

"Cen?" klonk Mam.

Vlug verbrak ik de betovering. Het had maar een paar seconden geduurd, maar zo had tante Pearl wel een koekje van eigen deeg gekregen.

Net op tijd was ik bij Tyler terug. Toen iedereen weer bij bewustzijn kwam, zwelde het rumoer in de bar weer aan.

Tyler hoestte. "Ik had zo'n raar gevoel. Het was net alsof ik staande stond te slapen. Had jij dat ook, Cen?"

"Huh, Eh... ja, een beetje." Ik was nog druk bezig om tante Pearl in de gaten te houden die op weg terug was naar het podium. Ik moest er op de een of andere manier voor zorgen dat ze zich in zou houden met haar tovenarij, zodat de wedstrijd tot een goed einde gebracht kon worden.

Ondertussen kwam Desiree op het podium langzaam overeind. Ze greep tante Pearl bij haar arm en probeerde haar weer het podium af te duwen. "Jij bent geen jurylid!"

"Dat klopt." Tante Pearl bleef deze keer stevig staan. "Ik bemoei me er alleen maar mee om de orde een beetje te handhaven."

"Dat doe je helemaal niet! Je zorgt alleen maar voor chaos." Desiree stampte met haar voet van frustratie. Toen ze zich omdraaide, zag ze ons staan. "Sheriff, deze vrouw heeft me aangevallen, arresteer haar!"

Tyler keek me even aan en zuchtte. "Help je me even?"

Ik knikte, bang dat tante Pearl een nieuwe serie toverspreuken zou uitspreken, die naarmate ze bozer werd, steeds heftiger zouden worden. Terwijl Tyler Desiree meenam naar haar tafeltje, hield ik tante Pearl tegen.

Desiree wilde perse winnen en tante Pearl leek vastbesloten te zijn om dat niet te laten gebeuren.

HOOFDSTUK 25

ndertussen waren Carol en Reggie veel te dronken om nog te kunnen jureren, dus eigenlijk waren we weer helemaal terug bij af, met één jurylid in plaats van drie. Het enige verschil was dat Earl nu dat jurylid was. Maar niemand had erover geklaagd, tenminste tot nu toe.

Ongeduldig tikte Desiree met haar vingers op haar tafeltje. Ze zag eruit alsof ze ieder moment weer het podium op wilde rennen zodra de winnaar voor de Wijn van het Jaar werd bekendgemaakt.

Mam liep op Desiree's tafel af en zette een glas met een monster van de laatste Wijn van het Jaar neer. Vanwege haar ruzie met tante Pearls alter-ego Carolyn liep ze achter met proeven.

Mam zei iets tegen Desiree wat haar leek te kalmeren. Ze pakte haar glas en nam een slok. En nog eentje. Daarna leunde ze achterover in haar stoel en glimlachte.

Tante Pearl liep naar de microfoon en blies er hard op. "Zijn jullie er klaar voor?"

De menigte klapte en joelde. Van enige orde was nauwelijks nog sprake.

"Ennnn, we hebben een winnaar!!" Ze deed alsof ze een bokskampioen in de ring aankondigde in plaats van een winnende wijnboer. "Earl, aan jou de eer."

We zaten allemaal eerste rang voor het Westwick Corners Wijnfestival gevecht van de eeuw. De spanning was te snijden en iedereen hield zijn adem in terwijl we wachtten tot jurylid Earl de winnaar aankondigde.

Maar Desiree had eerst nog iets te zeggen.

Ze stond op en tikte tegen haar wijnglas. "Mmmm, deze is echt goed. Nee, beter dan goed. Hij is fantastisch; duidelijk de winnaar. Die subtiele noten van kers en chocola, gerijpt in speciale antieke eiken vaten. Mmmm... ik zou mijn wijn uit duizenden herkennen."

"We zullen zien..." Earl tikte met zijn potlood tegen zijn lip, terwijl hij zwijgend de puntentelling voor iedere categorie naliep. Toen liet hij op het podium het potlood uit zijn handen vallen. Hij bukte om het op te rapen maar verloor zijn evenwicht en struikelde. Terwijl hij over zijn voorhoofd wreef zei hij: "Ik kan het niet, Pearl. Ik voel me opeens niet zo lekker."

"Je kunt nu niet stoppen, Earl!" protesteerde tante Pearl. "Jij bent de jury van deze wedstrijd!"

"Maar ik ben ziek en..."

Tante Pearl stak haar hand op. "Ik wil er niets over horen. Waarom heb je de wijn dan ook opgedronken? Je had hem even in je mond moeten laten rondgaan en dan uitspugen." Ze wees op een grote schaal die plotseling op de tafel voor hem verschenen was.

"Dat heb je me anders nooit verteld. Waarom zei je dat niet eerder? Je weet toch dat ik geen alcohol drink."

"Iedereen weet toch hoe het werkt, Earl. Ik dacht dat jij dat ook wel zou weten."

Tante Pearl was dan misschien egoïstisch en onnadenkend, maar ze was nooit expres gemeen en zeker niet tegen Earl. Ze knuffelde niet graag in het openbaar, maar ze hield absoluut van hem. Toch was ze behoorlijk onredelijk geweest door van hem, iemand die geen alcohol dronk, te vragen om grote hoeveelheden wijn te drinken. Ze wist ook dat hij haar niets zou weigeren.

Het was eigenlijk best wreed en ik vroeg me serieus af of ze haar verstand was verloren. Of, als het niet om haar verstand ging, dan wel haar tovertalenten. Als het meezat zou hij overgeven en van zijn stokje gaan, maar als het tegenzat kon hij wel een alcoholvergiftiging oplopen.

Earl deed alsof hij salueerde naar tante Pearl. Of het nu sarcastisch bedoeld was of niet wist ik niet, maar vervolgens pakte hij het overgebleven wijnglas op en bracht het naar zijn lippen. Hij liet de vloeistof rondgaan in zijn mond en knikte langzaam terwijl hij de wijn doorslikte. "Yesss, sirrrr. Deze is de allerbeste tot nu toe."

HOOFDSTUK 26

*E*arl gaf het papier met de naam van de wijn erop aan tante Pearl.

Ze haalde even diep adem. "De winnaar is... Ruby West met de Witching Hour Red Merlot van de Witching Post Winery! Kom maar naar voren, Ruby, en neem je prijs in ontvangst."

"Dat kan niet!!" schreeuwde Desiree. "Je kan je zus niet zo maar de hoofdprijs geven, Pearl!"

"Dat heb ík niet gedaan," zei tante Pearl, "maar drie onafhankelijke juryleden."

Mam kwam het podium op. "Misschien is er een foutje gemaakt? Ik kan toch niet opnieuw gewonnen hebben?"

Het winnen van de Beste Nieuwe Wijn was niet onmogelijk, want ze had als nieuwkomer Desiree's gekunstelde wijn wel verslagen. Maar het winnen van Wijn van het Jaar was veel moeilijker, omdat in deze categorie meer concurrenten meededen, waaronder de wijn van Antonio.

Tante Pearl graaide naar de bruine papieren zak onder de stoel van Earl. Er stak een flessenhals uit en ze trok de fles uit de zak, waardoor het label zichtbaar werd dat ik met veel moeite had ontworpen en wat door Desiree afgekraakt was.

"Geen foutje dus," zei tante Pearl tegen Desiree. "Het klopt dat het Ruby's Witching Hour Red Merlot is. Als ik jou was, Desiree, dan zou ik maar snel terug naar je tafel gaan."

Desiree wilde al protesteren, maar toen ze Mam op het podium zag veranderde ze van gedachten. Ze draaide zich om, kwam van het podium af en ging terug naar haar plaats.

Tante Pearl gaf Mam de microfoon. "De speech van de winnares!"

Had Mam eerlijk gewonnen, of had ze wat hulp gehad van tante Pearls toverspreuken om de wijn te verbeteren? Haar wijn was zeker goed, maar was die echt veel beter dan de geld-speelt-geen-rol-wijn van Desiree of de zachte syrah van Antonio?

Als tante Peal de Witching Hour Red Merlot van Mam inderdaad had betoverd, dan had Desiree natuurlijk gelijk. Dan was er iets fout gegaan. Ik had alleen geen idee of mijn toverspreuk sterk genoeg was geweest om de effecten van tante Pearls verbeterspreuk teniet te doen.

Misschien had mijn spreuk wel het tegenovergestelde effect gehad. Het tenietdoen van een toverspreuk maakt het effect van de originele spreuk soms wel twee keer zo sterk. En ik had deze spreuk slechts mondjesmaat geoefend, dus ik was niet erg zeker van mijn krachten. Wat als door mij Mams wijn juist verbeterd was? Ook dat zou dan tellen als bedrog, zelfs al was het per ongeluk geweest.

Misschien zou ik er wel nooit achter komen. Hoe dan ook was Mam zo ervaren met hekserij dat ze tante Pearls streken, of die van mij dan, wel zou herkennen. En als tante Pearl iets te maken had gehad met het winnen van de prijs, dan zou ze daar absoluut ook de eer voor opeisen en tot nu toe had ze dat niet gedaan.

Mam straalde toen ze begon te spreken. "Ik kan echt niet geloven dat ik gewonnen heb! Maar ik ben vooral blij dat iedereen mijn wijn zo lekker vindt. Deze wijn is overigens niet alleen door mij gemaakt… Er is nog een mede-winnaar, want Antonio Lombard en ik hebben deze wijn samen geproduceerd."

Antonio en Trina zaten een paar tafeltjes verder van waar wij stonden. Trina had Antonio in Shady Creek opgehaald, nadat hij zonder in staat van beschuldiging te zijn gesteld was vrijgelaten door de politie.

Antonio lachte en zwaaide naar Mam.

"Antonio, kom naar voren!" Tante Pearl had als de praktische heks die ze was plotseling een tweede beker in haar hand. "Kom je prijs ophalen!"

Antonio stond op en liep naar het podium.

"Oh nee, daar komt niets van in!" Desiree wees naar Tyler. "Sheriff, zou je deze man niet arresteren?"

Een golf van rumoer ging door de menigte heen. Ondanks alles had het nieuws over de moord op Richard nog steeds de geruchten-machine niet bereikt. Valerie zat thuis en had waarschijnlijk nog niemand gesproken. Antonio en Trina ook niet. Desiree en tante Pearl hadden er ook nog niets over losgelaten.

Tyler schraapte zijn keel. "Het onderzoek loopt nog, Desiree. Maar we staan op het punt om iemand te arresteren."

Antonio stond nu op het podium. Onzeker keek hij naar tante Pearl, die hem de beker in zijn handen duwde. Voor de bezoekers van de bar leek het alsof hij podiumangst had. Maar Antonio stond nu midden op het podium en werd zo bijna voor het oog van het hele dorp beschuldigd van moord.

Tyler kwam nu ook het podium op, greep de microfoon en verzocht om stilte.

Antonio sloop terug naar zijn stoel, terwijl Desiree hem van alles naar zijn hoofd slingerde. Earl en Mam bleven zwijgend naas het podium staan.

Tante Pearl was net het podium afgeklommen toen de deur van de bar openvloog.

Het licht van de maan scheen naar binnen bij de Witching Post totdat een schimmige figuur in de deuropening verscheen.

HOOFDSTUK 27

Jose Lombard wandelde naar binnen en keek even rond alsof hij iemand zocht. Zijn ogen bleven rusten op Antonio en Trina, die aan hun tafeltje zaten. Hij stormde op hen af en duwde bijna Mam omver die net een dienblad met drankjes droeg. "Je bent echt heel diep gezonken, Antonio."

Antonio verstijfde.

Trina sprong op uit haar stoel en versperde Jose de weg voordat hij hun tafeltje bereikte. "Jose, laat Antonio met rust."

Toen Jose vol verbazing doorliep naar het tafeltje van zijn broer, schreeuwde hij naar Tyler op het podium: "Sheriff! Je laat een moordenaar toch niet vrij rondlopen?"

"Houd je even gedeisd." zei Tyler rustig.

"Wat is er aan de hand, Sheriff?" vroeg een oudere man.

"Waar heeft ie het over?" riep Lacey Ratcliffe.

Plotseling begon iedereen tegelijk te praten. Al snel was er zo'n herrie dat de microfoon er bijna niet meer bovenuit kwam.

Tyler zette de microfoon harder en zei: "Stilte, iedereen, terug naar jullie stoelen. Jose, houd je mond en ga aan de bar zitten."

Jose bleef staan met zijn handen op zijn heupen. "Moet ík mijn mond houden en me gedeisd houden nadat mijn broer net iemand heeft vermoord? En dat nadat hij onze wijnmakerij te gronde heeft gericht, hè! Dat vind jij allemaal normaal?"

Tyler stak afwerend zijn hand op in Jose's richting en richtte zich daarna weer tot het publiek. "Het spijt me enorm om te moeten vertellen dat Richard Harcourt is overleden. Zijn dood was geen ongeluk."

Een golf van ontzetting ging door de menigte.

Tyler ging verder. "Richards lichaam is vanmorgen gevonden. Kennelijk is hij aangevallen door iemand die hij kende. Niemand anders loopt verder gevaar."

"Was hij daarom niet op het wijnfestival?" vroeg een vrouw.

"Dat klopt," antwoordde Tyler. "Ik wil jullie mededelen dat het onderzoek nog steeds loopt en dat ik op het punt sta om iemand te arresteren."

"Dat zal tijd worden, Sheriff!" riep Desiree. "Mijn arme Richard… dood!"

Ze stortte op haar stoel in elkaar en huilde met grote uithalen.

Maar niemand kwam naar haar toe om haar te troosten.

Jose negeerde Tylers instructies en bleef bij Antonio en Trina's tafeltje staan. Hij keek neer op zijn broer. "Het is nog niet te laat voor de verkoop, Antonio. We kunnen het maar beter regelen vóórdat je achter slot en grendel verdwijnt. Gebruik het geld voor een goede advocaat."

Hij gooide een grote bruine envelop voor Antonio op tafel neer.

Trina opende de envelop en bekeek de inhoud. Vervolgens schoof ze alle papieren terug over de tafel en zei tegen Jose: "Hij verkoopt niet."

"Houd je erbuiten, Trina, dit zijn jouw zaken helemaal niet."

Trina stond op. "Het zijn zeker ook míjn zaken, Jose. Ik ben net zo betrokken bij Lombard Wines als jullie allebei. Weet je nog dat ik jullie vorig jaar geld heb geleend zodat de wijnmakerij kon blijven bestaan? Nou, ik heb anders al maandenlang nog geen cent teruggezien."

Jose fronste. "Ik dacht dat Antonio je alles had terugbetaald?"

Trina schudde haar hoofd. "Nee, Jose. Hij kon niets terugbetalen omdat er geen geld was overgebleven, nadat jij al het geld van de bedrijfscreditcard had opgenomen om je chique Cadillac te kopen."

Jose haalde zijn schouders op. "Als de bank alles in beslag neemt, dan krijg je helemaal niets meer terug, Trina. Je kunt maar beter zorgen dat Antonio zijn verstand gebruikt."

"Dat hoeft helemaal niet," zei Trina. "De bank is niet de enige die nog geld tegoed heeft van de wijnmakerij. Mijn lening staat als tweede begunstigde, met de wijnmakerij als onderpand."

"En dus? De bank heeft toch het eerste recht."

"Niet als ik Antonio geld schenk om de hypotheek af te lossen. Dan kan de bank niets in beslag nemen. Maar ik daarentegen, kan alles bevriezen. Ik heb een voorstel, Jose. Als jij de wijnmakerij aan Antonio verkoopt onder dezelfde voorwaarden als de deal die je wilde sluiten met Desiree, dan ben jij ervan af en zijn we akkoord."

Jose's mond viel open. "Maar de wijnmakerij is toch veel meer waard dan…"

Trina maakte zijn zin af. "…dan het aanbod dat je Antonio wilde laten tekenen? Dat wilde je toch zeggen? Eerder vond je dit aanbod ook goed genoeg."

Jose stamelde: "Ik… ik weet niet of…"

Trina pakte de papieren, scheurde ze in stukken en liet ze op tafel vallen. "Het is nu of nooit. Je weet ook dat Antonio nooit akkoord zal gaan met verkoop aan Desiree. En mijn aanbod vervalt over precies één minuut."

"Goed!! Ik doe het," riep Jose. "Ik kan niet wachten tot ik van dit bedrijf verlost ben."

Tyler kwam het podium af en liep op de twee broers af. "Niet zo snel. Ik heb nog een paar vragen."

HOOFDSTUK 28

*J*ose schudde zijn hoofd. "Ik ben er wel klaar mee voor vandaag. Ik bel je morgen wel, Sheriff."

"Nu lijkt me beter," zei Tyler. Hij stond voor Jose en blokkeerde hem. "Is iedereen het ermee eens dat we dit nu afhandelen?"

Er rees een goedkeurend gemompel op uit de menigte, waarna er een doodse stilte viel.

Tyler schraapte zijn keel. "Het is al erg genoeg dat je het had gemunt op Richard Harcourt, maar je eigen broer erin luizen? Dat is echt een misselijke streek, Jose."

"Ik heb er helemaal niets mee te maken. Ik was niet eens in het dorp," protesteerde Jose. Hij haalde een pak papier uit zijn zak en zwaaide ermee. "Ik was ergens in de buurt van Sacramento om al deze wijnbestellingen af te leveren, toen Trina belde om te zeggen dat Richard dood was."

"En heb je ook echt wat bestellingen afgeleverd?" vroeg Tyler.

Jose schudde zijn hoofd. "Nee, omdat Trina belde en zei dat ik meteen terug moest komen."

"Dus je rijdt zeg maar 15 uur lang en levert dan niet eerst wat bestellingen af als je er toch bent? In plaats daarvan keer je om, terug naar huis?"

"Ik was helemaal in shock, Sheriff. Je hoort niet iedere dag dat je bloedeigen broer iemand doodgestoken heeft."

"Ik heb niemand nog iets verteld over de doodsoorzaak, Jose. Hoe weet jij dat Richard was neergestoken?"

Jose lachte nerveus. "Dat hoorde ik van Trina, toen ze me belde."

Trina stak protesterend haar hand op. "Niet waar! Niemand heeft mij verteld hoe hij was gestorven. En ik heb Richards lichaam niet gezien."

"Ik... ik weet het niet," stotterde Jose. "Ik had zo'n beeld voor ogen. Ik weet dat het in de wijnkelder was gebeurd en Antonio heeft geen pistool..."

"Er is nog iets wat ik niet begrijp, Jose," ging Tyler verder. "Zelfs als je vanmorgen nog in Sacramento was, zoals je zei, als we kijken naar het tijdstip dat Trina belde, dan had je in de tussentijd nooit de hele reis terug kunnen maken om nu hier te zijn. Dat je nu toch hier bent, komt omdat je nooit in Sacramento bent geweest. Je bent de staat niet eens uit geweest, of wel soms? Waarschijnlijk was je de hele tijd hier ergens in de buurt."

"Natuurlijk niet. Ik had gistermiddag de wijn al ingeladen, nadat Richard en ik met Antonio hadden gepraat. Binnen een uur zat ik al op de snelweg." Jose trok een bonnetje uit de zak van zijn spijkerbroek en gaf die aan Tyler. "Hier is het bewijs. Ik heb in Oregon nog getankt."

Tyler bestudeerde het bonnetje. "Ah, je hebt gelijk. Ik zie dat je inderdaad in Oregon was, waar je vrijdag vlak voor middernacht nog hebt getankt. Dit bonnetje is het bewijs. Daarvandaan is het nog maar zo'n acht à negen uur rijden naar Sacramento. Logisch. Kan niet missen"

Jose kreeg een zelfvoldane uitdruking. "Dat klopt. Trina belde me rond tien uur vanmorgen, dacht ik."

"En op dat moment keerde je weer om, terug naar huis?" vroeg Tyler.

Jose knikte.

"Jose, het is zeker 15 uur rijden vanaf Sacramento hier naartoe! Had je soms vleugels?"

"I-ik geef toe dat ik wat te hard heb gereden, Sheriff. Ik was nogal in shock."

"10 uur 's-ochtends, 11 uur, 12 uur..." Tyler telde op zijn vingers. "Als je vanmorgen om 10 uur bent vertrokken, dan had je hier pas minstens om ongeveer 1 uur vannacht kunnen zijn. Je moet wel héél erg hard hebben gereden om vier à vijf uur van de totale reistijd in te halen. Jouw hele tijdlijn klopt van geen kant."

"Eh... ja, maar ik was al aan de goede kant van Sacramento. Sorry dat ik niet wat meer details kan geven. Ik ben doodop van het rijden zonder pauzes." Jose keek naar de deur. "Kunnen we morgen verder praten?"

"We kunnen dit beter nu afhandelen," zei Tyler. "Ik zie aan je creditcardgegevens dat je afgelopen nacht in de Shady Creek Inn bent geweest. Was je soms op twee plekken tegelijk?"

"Natuurlijk niet. Waarschijnlijk was het een andere Jose Lombard en zijn onze gegevens verwisseld."

Tyler schudde zijn hoofd. "De hotelbeveiliging heeft gezien dat je afgelopen nacht rond drie uur het hotel hebt verlaten, in donkere kleding en met een sporttas. Je bent in een witte vrachtwagen gestapt, eentje die toevallig erg lijkt op die van Antonio trouwens, en je bent toen van het parkeerterrein weggereden."

"Ik heb helemaal geen witte vrachtwagen. Zoals ik al zei, het moet iemand anders zijn geweest." Jose's sprak haperend, alsof hij nog op adem moest komen.

"Nee hoor, het is zeker dat jij het was." Tyler klonk kalm en beheerst. "Je kwam pas na negen uur vanmorgen weer terug in het hotel en op dat moment is je gezicht heel duidelijk herkenbaar op de camerabeelden. Je kwam terug met andere kleren aan en zonder de sporttas waarmee je was vertrokken. Je had schone kleding aan, zonder bloedvlekken of ander bewijs van de moord. Waar heb je de bebloede kleding weggegooid, Jose?"

"Wat? Ik heb niet... er moet ergens een vergissing zijn gemaakt!"

Hij schudde zijn hoofd, maar op zijn voorhoofd glinsterden zweet-druppeltjes.

"Geen vergissing, Jose. De hotelmanager heeft je herkend. Hij zei dat je geregeld bleef slapen. Hij zei dat je deze keer niet met je Cadillac was en hij heeft gezien dat je arriveerde in een vrachtwagen, waarschijnlijk degene met je af te leveren bestellingen. Dat zullen we nog wel bevestigen met de videobeelden. De manager zei dat hij je later weer zag vertrekken in een witte pick-up truck, zo'n zelfde merk en type als Antonio heeft. Het autoverhuurbedrijf heeft bovendien ook bevestigd dat iemand met jouw rijbewijs afgelopen vrijdag een vrachtwagen heeft gehuurd en die vanmiddag heeft teruggebracht. Mijn vermoeden is dat je je wilde voordoen als je broer."

"Dat is toch belachelijk! Waarom zou ik dat doen?" Jose staarde hem aan.

"Waarom zou je een pick-up truck huren als je én de vrachtwagen én je Cadillac tot je beschikking had? Tenzij je hier onopvallend wilde rondrijden. Tenzij je wilde zorgen voor belastende bewijzen tegen je broer."

Jose werd rood. "Leugens! Antonio heeft Richard vermoord en dat weet je. Antonio heeft zelf Richard bedreigd vrijdag, waar ik en andere getuigen bij waren, Sheriff. Vraag maar aan Cendrine, Pearl of Trina. Ze hebben Antonio allemaal horen zeggen dat hij Richard zou vermoorden."

"Die woorden waren een beetje ongelukkig gekozen," zei Tyler. "Maar het feit dat Antonio dat soort bedreigingen heeft geuit tijdens een ruzie, bewijst nog niet dat hij het ook gedaan heeft. Maar ik wil wel graag van jou een verklaring over gisteren en vandaag."

"Ik ga niet reageren op allerlei ongefundeerde beschuldigingen! Je hebt helemaal geen bewijs."

Tyler kwam wat dichter naar Jose toe en versperde hem de weg. "Ik heb bewijzen te over."

Jose's gezicht kleurde weer rood. "Misschien moet ik een advocaat bellen."

"Geen slecht idee." De spieren in Tylers kaak spanden zich aan.

Antonio had Jose's beschuldigingen ook gehoord en zijn ogen werden groot. "Heb je ooit gezien dat ik geweld heb gebruikt?"

Trina kneep even in Antonio's arm en trok hem dichter tegen zich aan. "Je bent de liefste man die ik ken. Je doet nog geen vlieg kwaad."

Jose vloekte binnensmonds. "Waarom zou ik Richard vermoorden? Ik werkte met Richard samen en probeerde met hem Antonio ervan te overtuigen om onze verliesgevende wijnmakerij te verkopen. Samen met Richard probeerde ik te voorkomen dat alles in beslag zou worden genomen en te zorgen voor een goede prijs voor de wijnmakerij."

"Leugenaar," zei Antonio. "Je wilde alles aan Desiree verkopen, onze concurrent. Nu pas wordt alles me duidelijk. Pa en Ma zouden zó teleurgesteld zijn geweest in jou. Alles verkopen aan iemand die allerlei goedkope wijn mixt en dan verkoopt alsof het haar zelfgebrouwen wijn is. Vervolgens vermoordt je iemand en probeert mij ervoor te laten opdraaien! Je bent echt heel diep gezonken."

"Ik kan Richard helemaal niet vermoord hebben," verdedigde Jose zichzelf. "De wijnkelder is afgesloten met een biometrisch slot dat alleen open kan met Antonio's vingerafdruk."

"Dat was inderdaad even lastig," reageerde Tyler. "Het klopt dat het heel moeilijk, zo niet onmogelijk is om een vingerafdrukscanner te omzeilen. Vingerafdrukken zijn uniek. Waarschijnlijk hebben slechts 1 op de 64 miljard mensen dezelfde vingeradruk. Dat maakt het nagenoeg onmogelijk om dezelfde afdruk tegen te komen, aangezien er op de hele wereld maar 8 miljard mensen wonen. Ook al zijn jullie broers, jullie hebben toch verschillende vingerafdrukken. Een vingerafdruk kun je ook niet zo maar namaken. Naast de zichtbare groeven zijn er nog veel andere tekenen die alleen onder een microscoop zichtbaar zijn. De makers van het slot hebben hier ook rekening mee gehouden in de veiligheidseisen voor hun product."

"En dus?" Jose gooide vragend zijn handen de lucht in.

Tyler vertrok geen spier. "Er is nog een andere manier om de biometrische scanner te omzeilen. Alle personen die als beheerder toegang hebben tot het slot, kunnen alles terugzetten naar de fabrieksinstellingen en zo de scanner uitzetten."

Jose fronste. "Hoe had ik dat moeten doen? Ik heb helemaal geen verstand van dat veiligheidsslot. Ik heb het zelfs nog nooit aangeraakt. Antonio heeft niks aan me gevraagd voordat hij het liet installeren, ook al kostte het een fortuin."

"Alles wat je nodig hebt, staat hierin." Ik hield de SecureTech-handleiding omhoog, degene die ik had gekregen bij mijn op magische wijze verkregen slot, hetzelfde model als dat in de Lombard wijnkelder.

"Hé, je hebt mijn handleiding gevonden!" riep Antonio uit. "Waar lag hij?"

"Dat doet er nu even niet toe, Antonio," zei ik.

Tyler richtte zich weer tot Jose. "Antonio had zijn SecureTech handleiding niet verkeerd opgeborgen. Jij hebt de handleiding bij hem thuis op de keukentafel zien liggen en je hebt gelezen hoe de installatie werkte. Antonio had de handleiding laten liggen voor jou, zodat je zou begrijpen hoe het slot werkte en hoe je je eigen pincode en vingerafdruk kon programmeren. Toen heb je gezien dat Antonio zijn eigen pincode binnen in de handleiding had opgeschreven. Op dat moment wist je dat je Antonio kon laten opdraaien voor de moord op Richard. Dat Richards lichaam in de wijnkelder werd gevonden, betekende dat alleen Antonio hem kon hebben vermoord, omdat alleen hij toegang tot de kelder had. Dat is wat je iedereen wilde laten geloven. Daarom wilde je ook je eigen codes niet inprogrammeren en mocht Trina dat ook niet, want er mocht maar één persoon zijn met toegang tot de wijnkelder: je broer Antonio."

"Je liegt!" Jose kruiste zijn armen voor zijn borst.

"Je hebt gewacht tot er een moment kwam dat Antonio werd afgeleid door iets wat buiten gebeurde en hij de deur van de wijnkelder had opengelaten. Toen heb je volgens de instructies de vingerafdruk-scanner gereset naar de fabrieksinstellingen, wat betekende dat er geen vingerafdruk meer ingeprogrammeerd stond en de scanner uit stond.

Volgens de handleiding had de hoofdgebruiker, Antonio, de deur moeten openen om dit proces te kunnen starten. Zodra de deur openstond, kon je dus met zijn pincode de vingerafdruk-optie uitschakelen. Zodra de vingerafdrukscan niet meer nodig was, kon de deur geopend worden met alleen de vijfcijferige pincode. Het biometrische deel van het veiligheidsslot was niet langer in gebruik. Dat kon alleen worden hersteld met behulp van het speciale apparaatje waarmee je opnieuw een vingerafdruk kon inprogrammeren.

Antonio wist niet beter dan dat het slot normaal functioneerde. Hij voerde zijn pincode in en legde zijn vinger op de scanner. Hij wist alleen niet dat jij de vingerafdrukscanner buiten werking had gesteld, dus ging hij gewoon door met zijn vingerafdruk na het intoetsen van zijn vijfcijferige code. Het was hem wel opgevallen dat er bij het scannen geen groen lampje meer te zien was, maar hij nam aan dat het lampje kapot was. De echte reden waarom het groene lampje niet aan was, was omdat de hele biometrische scanner niet meer geactiveerd was."

"Waarom zag ik dan vanmorgen dat Antonio vlak na Richard het wijnfestival verliet?" vroeg tante Pearl. "Hij zat Richard echt dicht op de hielen."

"Het klopt inderdaad dat je Richard hebt zien vertrekken in zijn cabrio, maar niet dat Antonio hem achtervolgde. Degene die je gezien hebt was Jose, die in een vrachtwagen reed die leek op die van Antonio. Jose droeg een dik jack, zodat hij meer leek op zijn wat stevigere broer. In de cabine van de vrachtwagen waren ze makkelijk door elkaar te halen."

Tante Pearl schudde haar hoofd. "Ik kan die twee heus wel uit elkaar houden, hoor. Ik ben niet achterlijk, Sheriff."

"Dat weet ik, Pearl. Maar een surveillancecamera uit de omgeving bevestigde dat de door jou genoemde tijden niet helemaal klopten. Dat is heel begrijpelijk hoor, omdat je het zó druk had toen." Tyler fronste zijn wenkbrauwen. "Volgens de concierge van de school, die de sporthal van de school even voor 7 uur vanmorgen opende, waren Richard en Desiree al op het parkeerterrein, waar ze in de Corvette van Richard zaten te wachten totdat ze naar binnen mochten.

Hij zette de deuren van de sporthal open en Richard en Desiree begonnen met het uitladen van de wijn uit de Corvette en droegen vervolgens alles naar de sporthal.

Even later arriveerde Jose, vanuit de richting van Shady Creek.

Met z'n drieën hebben ze even staan praten en reden toen met twee auto's het parkeerterrein af. Richard en Desiree in Richards Corvette en Jose reed achter hen aan in de gehuurde pick-up truck. Ze reden in de richting van Lombard Wines. Zowel Richards Corvette als Jose's truck staan op beelden van de beveiligingscamera's van de Gas 'n Go benzinepomp toen ze daar langsreden."

Tante Pearl keek woedend, maar zei niets.

Tyler ging verder: "Alleen Jose kan vertellen hoe hij Richard heeft meegelokt naar de wijnmakerij. De reden moest belangrijk genoeg zijn om het wijnfestival ervoor te verlaten. Ik vermoed dat Richard dacht dat het niet veel tijd zou kosten, zodat hij weer op tijd terug zou zijn voordat het wijnfestival zou beginnen. Misschien zei hij wel dat Antonio zich had bedacht en aan Desiree wilde verkopen.

Eenmaal bij Lombard Wines nodigde je Desiree en Richard uit om mee te komen naar de wijnkelder, waar Antonio zou zijn om te overleggen over de verkoop, zodat deze helemaal rond zou zijn vóórdat de bank alles in beslag kon nemen. Misschien zat er wel een mooie fles wijn aan vast om de deal te beklinken?"

"Maar waarom zou ik Richard vermoorden?" vroeg Jose. "Ik had er toch helemaal geen reden voor. Hij hielp ons juist met onze financiële puinhoop."

Tyler ging verder. "Volgens de hotelmanager in Shady Creek was er nog iets opvallends toen je gisteravond incheckte. Namelijk dat je alleen was. Normaal gesproken ben je in gezelschap van een blonde dame. Dan kijk ik naar jou, Desiree LeBlanc!"

Desiree hapte naar adem. Haar diamanten ring fonkelde in het licht toen ze haar hand naar haar mond bracht. "Dat is een leugen! Ik ben nog nooit in dat hotel geweest."

"De beveiligingsbeelden liegen niet, Desiree. De politie van Shady Creek bekijkt nu de beelden van de afgelopen twee weken, maar ze hebben jullie al zeker vijf of zes keer op verschillende momenten daar samen gezien."

"Nou, afgelopen nacht ben ik daar niet geweest, Sheriff. En vandaag ook niet." Desiree stond op en hief een vinger op naar Tyler. "Je moet je op Antonio richten. Hij was pas om half negen vanmorgen op het wijnfestival. Dus hij had genoeg tijd om Richard te vermoorden."

"Nee, want hij is zelfs heel vroeg vertrokken van de wijnmakerij. Voordat Antonio en Trina op het wijnfestival arriveerden, zijn ze eerst samen rond zeven uur vanmorgen ergens gaan ontbijten. Maar ik denk dat je dat al weet, omdat Jose hen heeft zien vertrekken. Zodra de kust veilig was, is hij naar jou en Richard op het wijnfestival gegaan. Jij had er al voor gezorgd dat Richard hier ook vroeg was, voordat de meeste mensen zouden komen, want anders zouden er te veel getuigen zijn geweest. Jij reed met Richard naar Lombard Wines en Jose reed achter jullie aan."

Iedereen in de bar luisterde ademloos toe.

"Waarom zouden we dat in vredesnaam doen op de dag van het wijnfestival, Sheriff? We konden toch niet zo maar weg." Desiree schudde haar hoofd, vol verbazing over zo veel domheid van Tyler.

"Jose had tegen jou en Richard verteld dat het hem op het laatste moment was gelukt om Antonio over te halen," antwoordde Tyler. "Antonio zou nu wel aan jou willen verkopen, Desiree, om zo de inbeslagname door de bank te voorkomen. Dat verhaal was bedoeld voor Richard, want jij zat toch al in het complot. En jij wilde hem laten geloven dat het belangrijk was om snel te handelen, voordat Antonio weer van gedachten zou veranderen."

Desiree lachte. "Je hebt wel veel fantasie, Sheriff. Dat is het meest belachelijke verhaal dat ik ooit gehoord heb."

Tyler ging verder. "De arts zal bij de autopsie maandag het tijdstip van overlijden bevestigen, maar gebaseerd op de lage temperatuur in de wijnkelder en de staat van Richards lichaam, moet hij al langer dan een paar minuten dood zijn geweest. Mijn gok is toch wel minimaal een uur. Het was helemaal niet de bedoeling dat Antonio die dag nog zou terugkomen bij de wijnmakerij, maar hij moest wel. Zijn wijn was namelijk op."

Tyler keek even nadrukkelijk naar tante Pearl voordat hij zich tot Jose richtte. "Jose, jij had Antonio niet eerder thuis verwacht dan eind van de middag. In plaats daarvan werd je bijna op heterdaad betrapt. Je plan was dat Antonio pas na het wijnfestival Richards levenloze lichaam in de wijnkelder zou vinden. Alles zou er dan op wijzen dat hij de moordenaar was: hij was op de plek van de misdaad, de enige die de kelderdeur kon openen, zijn woede tegenover Richard, en de wanhoop dat hij zijn bedrijf en tegelijkertijd ook zijn huis zou verliezen.

Nadat Jose Richard had vermoord, verliet hij het dorp om geen argwaan te wekken. Hij wilde zich wassen, andere kleren aantrekken en het bewijsmateriaal vernietigen." Tyler keek nu naar Desiree. "Ondertussen reed jij, Desiree, Richards auto terug naar het wijnfestival en parkeerde hem op precies dezelfde parkeerplek. Het zou nog een paar uur duren voordat het wijnfestival van start zou gaan. Nadat de concierge het gebouw had geopend vertrok hij, met het idee dat dat wel kon omdat jij en Richard al binnen waren. Het was zelfs nog zo vroeg dat er nog nauwelijks andere mensen waren. De paar stand-houders die er waren, hadden het druk met uitladen en het opzetten van de kraam. Het zou hun echt niet opvallen of een bepaalde auto even van z'n plek was geweest. De enige getuige die de Corvette wèl had zien vertrekken was Pearl West. Zij was er namelijk ook al heel vroeg."

Tante Pearl zei: "Ik heb daar 's nachts gekampeerd zodat ik een goede parkeerplaats had. Helaas raakte ik hem ook weer kwijt dankzij die stomme regels van de Sheriff."

Tyler negeerde die opmerking. "Pearl zag Richards Corvette wegrijden en nam aan dat Richard er zelf inzat, want ze had het druk en ze had ook niet heel goed gekeken. Bovendien had ze Jose en Antonio door elkaar gehaald. Antonio zou pas ruim een uur later arri-veren, nadat hij en Trina in een restaurant hadden ontbeten. Dit is bevestigd door hun betaalgegevens en de andere bezoekers van het restaurant."

Jose's mond viel open. "Antonio heeft een alibi?"

"Helemaal waterdicht," knikte Tyler.

"Maar dit klopt niet," zei Desiree. "Richards auto is niet wegge-weest van het parkeerterrein."

"Niet waar, Desiree. Nadat Richard was overleden, reed jij de Corvette terug naar het wijnfestival. Alle andere wijnverkopers hadden het zo druk met hun eigen kraam dat ze niet op de auto's letten die kwamen en gingen. Pearl had de auto wel zien vertrekken, maar zag niet wie erin zat. Dat geeft op zich niet, want de beveiligingsbeelden laten ook zien dat de Corvette weer terugkomt. Het lukte je zelfs om de Corvette op precies dezelfde parkeerplek terug te zetten. Toch maakte je één cruciale fout.

Het was gaan regenen en dat was nogal onverwacht, omdat het volgens het weerbericht een zonnige dag zou worden. En aangezien Richard een droge dag verwachtte, had hij het dak van de cabrio die ochtend opengelaten.

Bij de eerste tekenen van regen zou een eigenaar van een cabrio meteen naar buiten rennen om het dak dicht te doen. Maar degene die de cabrio had teruggezet wist niet hoe dat moest, of had er niet aan gedacht. Dat is een fout die de eigenaar van een vintage sportauto echt niet zou maken.

Je wilde de Corvette precies op die parkeerplek hebben, omdat je wist dat de bezoekers van het wijnfestival de auto daar zouden zien staan en dan zouden denken dat Richard op het festival was."

Ik liep naar de plek waar Desiree stond. "Daarom verzon je allerlei smoezen over Richard die ergens op het wijnfestival zou zijn. Je wilde dat ik zou denken dat hij aanwezig was, in ieder geval tijdens die ochtend. En dat terwijl je al wist dat hij dood was! Omdat jij ook in het complot zat."

Desiree kruiste haar armen. "Ik heb hier helemaal niks mee te maken, behalve dan dat ik Richard had verteld dat ik wel een bod wilde doen op de wijnmakerij."

"Ik had er ook niets mee te maken," zei Jose. "Ik wilde helemaal weg uit de wijnbusiness. Waarom zou ik Richard vermoorden als ik al een koper had klaarstaan? Het klopt dat ik niet wilde dat de bank alles in beslag zou nemen, maar ook als dat zou gebeuren, zou ik er nog wat geld aan overhouden. Inbeslagname was beter dan alles helemaal kwijtraken. Onze wijnmakerij was een bodemloze put."

"Wie zegt dat je motief iets met geld te maken had?" vroeg Tyler.

"Wat?" vroeg Jose.

"Je loog toen je zei dat je een koper voor de wijnmakerij zocht, nietwaar, Jose? Je wilde Richard uit de weg hebben, omdat je verliefd was geworden op Desiree. Desiree had jou beloofd dat ze je het geld zou lenen om Antonio uit te kopen, maar dat aanbod sloeg je af. Waarom? Omdat volgens het reglement van de aandeelhouders van Lombard Wines Antonio jou ook een tegenbod kon doen om jou uit te kopen. Dat zou leiden tot een impasse, dus je moest op zoek naar een andere manier om Antonio weg te krijgen uit de wijnmakerij. Als hij de gevangenis in zou gaan voor moord, dan was dat probleem opgelost."

"Je hebt mijn arme Richard vermoord!" huilde Desiree. "Je bent een monster, Jose!"

"Hou op met de onschuld uit te hangen, Desiree," zei tante Pearl. "Je bent er te veel bij betrokken geweest om nu te doen alsof je niets wist. Je was woedend op Richard omdat hij weer terug wilde naar Valerie, dus ging je naar Jose. Je wilde het niet alleen Richard betaald zetten, maar ook probeerde je Lombard Wines voor een schijntje in handen te krijgen!"

HOOFDSTUK 29

*H*et was zo stil in de bar dat je een speld kon horen vallen.

De politie van Shady Creek stond buiten voor de Witching Post te wachten totdat Tyler hen een teken gaf, waarna ze binnenkwamen om Tyler te assisteren.

Jose vloekte binnensmonds toen een agent op hem afkwam.

Desiree keek wanhopig de bar rond, hopend dat iemand of iets haar nog kon redden, maar tevergeefs.

Iedereen was bezig om met zijn telefoon foto's te maken van de recentste misdadigers van Westwick Corners.

Tyler richtte zich tot Jose. "Haal je handen uit je zakken."

Jose deed wat hem gezegd werd.

"Ik arresteer je voor de moord op Richard Harcourt." Tyler wees Jose op zijn rechten en ondertussen klikte hij de handboeien om zijn polsen, waarna hij hem overdroeg aan de recherche uit Shady Creek.

"Is dit allemaal nodig?" Desiree probeerde zich los te maken van Earls pijnloze, maar stevige greep. "Mijn advocaat heeft me al op borgtocht vrij nog voordat ik in Shady Creek ben."

Tyler pakte Desiree's beide polsen vast en deed haar ook handboeien om. "Je hebt het aan jezelf te wijten. Hier in Westwick Corners willen we geen moordenaars hebben die vrij rondlopen."

Een paar mensen begonnen te klappen.

Tyler hief zijn hand op en ze stopten onmiddellijk.

Desiree stampte op de grond. "Ik ben GEEN moordenaar! Hoe vaak moet ik dat nog zeggen? Jose is door mij geobsedeerd. Ik kan het niet helpen dat mannen rare dingen doen voor mijn liefde. Ik heb hem nooit iets opgedragen te doen. Ik zou nooit iemand kwaad doen en zeker Richard niet; hij was de liefde van mijn leven."

Jose vloekte weer binnensmonds. Hij probeerde uit te halen naar Desiree, maar de politieagent hield hem tegen.

Tante Pearl zwaaide met haar vinger naar Desiree. "Je bent net zo erg als Jose, omdat jij alles verzonnen hebt. Je hebt Jose gebruikt om je aanbod te doen. Je wilde Lombard Wijnen hebben en tegelijkertijd je vriendje lozen. Ik wens je veel geluk met het vinden van een advocaat, want niemand hier uit het dorp zal je willen vertegenwoordigen."

Mam trok even aan tante Pearls mouw. "Er zijn helemaal geen advocaten in Westwick Corners."

Tante Pearl trok haar arm weg. "Dat is omdat we ze niet nodig hebben, Ruby. Wij zorgen hier in dit dorp zelf wel voor gerechtigheid."

Tyler fronste. "Het zorgen voor gerechtigheid is míjn werk, Pearl."

Tante Pearl negeerde hem. "We tolereren hier geen criminelen, Desiree. Dat is namelijk wat jij bent. Het enige daglicht dat je nog te zien krijgt is dat vanuit de binnenplaats van de gevangenis."

Tyler keek naar tante Pearl en er was een flauw glimlachje te zien op zijn gezicht. "We zijn het een keertje eens."

"Eindelijk heb je je werk eens gedaan, Sheriff," zei tante Pearl. "Misschien is er nog hoop voor je."

Tyler grinnikte. "Dank je voor het compliment, Pearl."

"Oh ja, nog één ding. Ik wil je nog iets geven, Sheriff." Tante Pearl graaide in haar zakken en trok een grote messing sleutel tevoorschijn. "Dit is een sleutel van het dorp. Als dank voor je harde werk."

"Wow, Pearl, dank je wel!" Tyler fronste even. "Is dit normaalgesproken niet een eer die toekomt aan de burgemeester?"

Tante Pearl snoof. "Jij denkt dat hij belangrijk is? Welnee, hij is er alleen voor de show. Er gebeurt hier in dit dorp niets zonder mijn goedkeuring."

Tyler lachte. "Nou, ik ben blij dat de moord op Richard is opgelost en er twee moordenaars van de straat verdwenen zijn."

"Niet met alle eer gaan strijken, Sheriff," schamperde tante Pearl. "Zonder Cen en mij was het je nooit gelukt. Wij hebben de zaak opgelost."

"Wij?" Het was voor het eerst dat ik van tante Pearl ook ergens erkenning voor kreeg. Het was een nogal dubbelzinnig compliment, maar toch.

* * *

Het begon al te schemeren toen ik buiten stond bij de Witching Post. Ik rilde bij een koude windvlaag en wenste dat ik mijn jack had aangetrokken. Ik keek toe hoe Jose en Desiree werden weggeleid, elk in een van de twee wachtende politieauto's. Eerst werd Jose neergezet en vastgegespt in een van de politieauto's. Vanaf de achterbank staarde hij naar ons, waarna de auto snel wegreed, de kronkelige toegangsweg af.

Een agent in uniform hield beschermend zijn hand bij Desiree's hoofd terwijl hij haar op de achterbank van de tweede politieauto liet plaatsnemen. Ik vond het heel erg dat ze er bijna in waren geslaagd om een onschuldige man op te laten draaien voor moord. Gelukkig waren Richards moordenaars gepakt en zouden ze binnenkort terechtstaan.

Ik was ook wel opgelucht dat het wijnfestival weer voor een jaar achter de rug was. Ieder jaar was het weer zo'n enorme toestand, hoewel het nu Desiree niet meer mee kon doen het misschien weer een kleinschalig, gezellig dorpsfeestje zou kunnen worden.

Ondanks alle gebeurtenissen was het wijnfestival gewoon doorgegaan, business as usual, behalve dan het gedoe met de jurering. Veel wijnfabrikanten hadden zelfs beter verkocht dan in voorgaande jaren.

Richards afwezigheid had bewezen dat hij uiteindelijk toch niet onmisbaar was.

En Desiree zou voorlopig niet meer deelnemen aan wijncompetities.

Ik liet mijn adem ontsnappen en voelde alle spanning van vandaag uit mijn lichaam wegglijden. Het was zo'n ontzettend drukke dag geweest. Een tragische dag ook. Niets was volgens plan verlopen.

Toch voelde het nog niet helemaal alsof de dag ten einde was. Ergens in mijn onderbewustzijn knaagde er nog iets. Was er niet nog iets vandaag?

Oh, ja, Tylers verrassing!

Natuurlijk zou dat nu niet meer kunnen doorgaan. Ook al was de misdaad opgelost en de misdadigers opgepakt, Tyler was nog lang niet klaar. Aanklachten moesten worden geformuleerd, al het papierwerk nog gedaan, ondervragingsgesprekken gehouden… Tyler zou naar Shady Creek moeten om het een en ander af te maken. Ik zou hem de komende paar dagen waarschijnlijk niet eens zien.

Mijn verrassing zou moeten wachten.

Ik keek naar Antonio, die naast Trina stond en haar hand vasthield.

Waren die twee nog steeds betoverd door tante Pearl, of was hier sprake van echte liefde?

Tante Pearl trok aan mijn arm en fluisterde: "Sommige betoveringen moet je niet verbreken, Cen. Waag het niet."

HOOFDSTUK 30

Op een frisse, zonnige ochtend kwam ik aan bij de B&B. Mam stond al bij de trap aan de voorkant op me te wachten.

Ze had gevraagd of ik snel kon komen, want ze had dringend mijn hulp nodig. Normaal kon ze zich altijd prima redden alleen, dus ik had alles laten vallen en was onmiddellijk naar huis gereden om haar te helpen.

"Waarom zie je er zo feestelijk uit?" Argwanend bekeek ik haar van top tot teen.

"Dit is helemaal niet feestelijk," zei ze. "Gewoon wat oude kleding die ik soms aantrek bij het tuinieren."

Ik schudde mijn hoofd. "Niemand draagt linnen bij het tuinieren. En al helemaal geen wit linnen."

Ze wuifde mijn opmerkingen weg. "Wat maakt het uit? Ik draag wit linnen in de tuin als ik daar zin in heb. Trouwens, het is niet belangrijk wat ik aanheb. Kom, opschieten, anders zijn we te laat!"

"Te laat? Voor wat?"

Ze gaf geen antwoord, maar pakte me steviger vast. Met verbazingwekkende kracht trok ze me mee over het pad naar de zijkant van het huis.

Mam droeg nooit rokken en ook zelden make-up. Nu zag ze eruit alsof ze naar een feestje ging, maar ik kon me niet herinneren dat we plannen hadden gemaakt om ergens heen te gaan. "Eh… we mogen niet te laat komen voor het gebeuren in de tuin, waar ik je hulp bij nodig heb."

Ondertussen sleepte ze me bijna voort. Ik begon sneller te lopen, zodat ze niet zo aan mijn arm hoefde te trekken.

De B&B werd nagenoeg door Mam alleen beheerd. Er was niet veel werk dat ze aan anderen overliet, dus ik was wel benieuwd naar wat ik te doen zou krijgen. Planten bleven niet lang leven als ik me ermee bemoeide en ik kon nog geen zomerbloeier van onkruid onderscheiden, dus waarom iemand met groene vingers mijn hulp nodig had, was me echt een raadsel.

Ik bekeek Mam wat beter toen we over het stenen pad bij het huis liepen. Haar witlinnen blouse en beige linnen rok waren van een bekende designer. En behalve dat ze totaal ongeschikt waren om ook maar iets mee in de tuin te doen, waren ze heel duur geweest. Aan haar voeten droeg ze open sandaaltjes met een bloemmotief.

Heel leuk deze zomerschoentjes, die ik trouwens nog niet eerder had gezien.

Ze moest ze nog maar kort geleden hebben gekocht, want we hebben dezelfde schoenmaat en ik was ze nog niet eerder tegengekomen als ik weer eens op zoek ging in haar kast. Ik begon argwanend te worden.

"Waar heb je eigenlijk mijn hulp voor nodig?"

"Je ziet het zo wel." Mam begon sneller te lopen.

Op de parkeerplaats naast het huis zag ik Braydens sportauto staan. De auto stond breeduit geparkeerd en nam twee plekken in beslag; typisch voor Brayden. Ik werd niet blij van de gedachte dat ik mijn egocentrische ex-verloofde zou tegenkomen. Brayden, die de burgemeester was en daarmee ook Tylers baas, had geen enkele reden om hier te zijn. We probeerden elkaar zo veel mogelijk te vermijden, dus hij moest hier wel onder enige dwang naartoe zijn gekomen.

"Mam?"

Ze kneep weer even in mijn arm en gaf geen antwoord.

"Wat gebeurt hier allemaal?"

"Je zal het zo wel zien." Mam schonk me een cryptisch lachje.

Ik hield niet van verrassingen en al helemaal niet als het ging om mijn ex-vriend. Maar dat wist Mam ook wel. Wat was ze van plan?

Toen we de hoek om liepen de achtertuin in, zag ik dat het prieeltje van boven tot onder versierd was met witte papieren strikken. Aan het eind van het pad voor ons stond een enorme boog, gemaakt van roze ballonnen, precies in dezelfde kleur als de Queen Elizabeth-rozen die om het prieeltje heen stonden.

Geschrokken zei ik tegen Mam: "Gaat er iemand trouwen?"

"Sstt." Ze legde een vinger op haar lippen en trok me dichter tegen zich aan. Precies op dat moment klonk er een harp met een overbekend deuntje. Het was een mooie melodie, maar tegelijkertijd kreeg ik het heel benauwd.

Ik keek naar het podium en tot mijn verrassing zag ik Lacey Ratcliffe. Ik wist helemaal niet dat ze een muziekinstrument bespeelde, laat staan een harp.

Na een paar valse starts vond ze het ritme dat ik zo goed kende.

Daar komt de bruid,

Daar komt de bruid...

Ineens stopte de melodie, alsof iemand de stekker eruit had getrokken.

"Mam! Wat is hier aan de hand?" Er zaten tientallen mensen naar ons te staren, allemaal heel netjes gekleed. Ik sprak harder dan ik had bedoeld en mijn stem klonk schel vergeleken met de zachte harpklanken. Ik voelde alle ogen op me gericht en ik realiseerde me opeens dat ik de enige was in een spijkerbroek en T-shirt. Ik schaamde me dood. Het was overduidelijk een formeel feestje en ik was er totaal niet op gekleed. Ik voelde me naakt en wilde eigenlijk wel onder het prieel kruipen.

Rijen met stoelen, een roze ballonnenboog: ik was vast bij een pop-up trouwerij.

Ik zag Brayden op de voorste rij zitten, wat mijn angstige vermoeden bevestigde. Hij droeg hetzelfde donkere pak dat hij had gekocht voor onze bruiloft. Onze relatie had geen stand gehouden, maar het pak was nog wel van pas gekomen. Brayden droeg het bij elke bruiloft, begrafenis of andere formele gelegenheden. Als burge-meester was hij vaak bij bruiloften in het dorp en dit was er dus kennelijk ook een.

Er waren geen gasten in de B&B en voor zover ik wist had niemand uit het dorp plannen om te trouwen. Ik had ook niet onlangs een uitnodiging ontvangen voor een bruiloft, dus om wie ging het nu dan?

Ik schrok me rot.

Dit kon niet waar zijn.

Nee toch?

Dit was toch niet mijn eigen bruiloft? Ik had helemaal tegen niemand ja gezegd. Tyler en ik hadden ooit wel eens gepraat over trouwen, maar niet heel uitgebreid. Allebei hadden we het simpel willen houden, dus niet zo'n deftige toestand als dit.

Gedwongen huwelijken lagen al een tijdje achter ons en bovendien was Tyler veel te modern om zich te laten dwingen met mij te trouwen.

We zijn trouwens ook nog niet eens verloofd!

Ik draaide me om naar Mam om haar van alles te vragen, maar ze stond niet meer naast me. Ik zocht naar haar in de menigte, maar zag haar nergens. Waar was ze naartoe en waarom liet ze me hier zo maar staan? En waarom had ze me niets verteld over de dresscode, dan had ik me niet zo hoeven schamen. Er begon zich een grote knoop in mijn maag te vormen.

Waarom was ik de enige die niets wist over deze bruiloft, die op punt stond van beginnen?

Ik keek rond om te kijken of ik ongezien kon ontsnappen, toen mijn blik bleef hangen bij Brayden. Hij lachte en knipoogde naar me.

Ineens verscheen tante Pearl naast me. "Cendrine! Dat werd tijd zeg. Ik hoop maar dat je je tijd niet hebt zitten verdoen bij die stomme krant van je. Iedereen weet toch al wat er met Richard is gebeurd, dus je hoeft er niets meer over te schrijven."

"Ik was niet bij..." Ik hield mijn mond, want ik wilde geen ruzie. "Is dit een... gedwongen bruiloft?"

Haar ogen vernauwden zich. "Een gedwongen bruiloft? Wat bazel je nou toch?"

"Ik hoorde de bruiloftsmelodie, dus ik dacht..."

Tante Pearl grinnikte. "Oh, dat. Nee, dat komt omdat Lacey aan het leren is om harp te spelen en ze kent nog maar een paar liedjes. Het duurde ook zo lang voordat je er was en ze moest toch iedereen zien te vermaken terwijl we op jou zaten te wachten."

"Dat is een hele opluchting! Ik zag Brayden al en toen ik de harpmuziek hoorde..."

"Wat is er mis met harpmuziek?" onderbrak tante Pearl me. "Het was goed genoeg voor Marie Antoinette en is ook goed genoeg voor jou. Het is ook niet snel goed bij jou, hè Cen?"

"Ik bedoelde niet dat het niet..."

"Lacey is al weken aan het oefenen. Lacey!!" schreeuwde tante Pearl zo hard dat mijn oren ervan tuitten. "Speel dat liedje nog eens!"

Lacey's uitvoering van 'Greensleeves' leek wel door de wind te worden gedragen. De prachtige muziek ontroerde me, maar ik wist nog altijd niet wat er nou aan de hand was.

Ik had tante Pearl nog wel meer willen vragen, maar stiekem was ik ook bang voor de antwoorden. In plaats daarvan besloot ik maar te genieten van het moment.

Net op dat moment verscheen Tyler, in zijn cargobroek en poloshirt. Gelukkig zag hij er net zo casual uit als ik.

Tante Pearl greep me iets harder bij mijn elleboog dan nodig was en trok me mee naar het prieeltje, waar Mam nu ook was. Tyler liep achter ons aan.

"Ahem." Tante Pearl liet mijn arm los en ging voor me staan met een plechtige uitdrukking op haar gezicht. "Het is maar goed dat ik zo veel tijd heb besteed om jou alles te leren wat ik weet, ook al blijft er niet veel bij je hangen. Lang leek het erop dat het allemaal tevergeefs was, maar nu heeft het eindelijk, eindelijk zijn nut bewezen."

"Eh... wat bedoel je?" vroeg ik, terwijl ik nog steeds geen idee had waar ze heen wilde.

"Blijf volhouden, Cen. Misschien als je wat beter je best doet, kun je ooit misschien net zo veel bereiken als ik. De wonderen zijn de wereld nog niet uit."

"Bedankt, tante Pearl, dat is echt een compliment." Ik wilde sarcastisch klinken, maar dat mislukte.

Achteraf was ik daar blij om, want wat er vervolgens gebeurde, verraste me totaal.

"Ahem… ehm…" Tante Pearl schraapte haar keel en keek snel weg.

Maar ik had de tranen in haar ogen al gezien. Ze humde even, haalde diep adem en schraapte haar keel nog eens.

"Ahem!"

Ze knipperde snel wat tranen weg.

"Van harte gefeliciteerd, Cendrine West! Je bent gepromoveerd tot Ervaren Heks." Tante Pearl trok een rol perkament uit haar jaszak. Er zat een gouden lint omheen. "Eigenlijk was ik van plan om je deze pas later te geven, maar nu is ook een goed moment, vind ik."

Haar onderlip trilde even toen ze me het diploma in mijn hand duwde. "Hier."

Heel voorzichtig trok ik het gouden lint los en vouwde het perkament open. Het was een diploma. Mijn naam stond in sierlijke, zwarte gekalligrafeerde letters geschreven:

CENDRINE WEST
　is benoemd tot
　ERVAREN HEKS
　door het volgen van de benodigde studielessen en het behalen van het vak
　TOVENARIJ EN HEKSERIJ bij:
　PEARL'S CHARM SCHOOL

In hoofdletters was er met grote gouden glitterletters ondertekend door 'PEARL WEST'. Ik kneep mijn ogen samen om de piepkleine schuingedrukte letters onderaan te lezen: *Pearl's Charm School is een erkende toveracademie, onder toezicht van de WICCA, Witches International Community Craft Association.*

. . .

"Dᴀɴᴋ ᴜ ᴡᴇʟ, ᴛᴀɴᴛᴇ Pᴇᴀʀʟ, ɪᴋ ʜᴀᴅ ᴅᴀɴ ᴏᴏᴋ ᴅᴇ ᴀʟʟᴇʀʙᴇꜱᴛᴇ ʟᴇᴇʀᴍᴇᴇꜱᴛᴇʀ." Gedeeltelijk was ik erg opgetogen dat ik eindelijk een nieuw niveau als heks had bereikt en dat tante Pearl ook mijn vaardigheden erkende.

Aan de andere kant wist ik ook dat ik het niveau van Ervaren Heks een tijdje geleden al had bereikt.

Hoe dan ook, het was fantastisch om het diploma van Pearl's Charm School in ontvangst te kunnen nemen en dat tante Pearl erkend had dat mijn bovennatuurlijke krachten veel beter waren dan die van een Beginner Heks.

Natuurlijk wist ik zelf ook al een tijdje dat ik mijn toverspreuken beter onder de knie had en dat ik ook al als een zeer bekwame heks functioneerde. Maar ik wist wel beter dan er iets over te zeggen. Het was ons allebei wel duidelijk dat, in sommige gevallen, ik zelfs een betere heks was dan tante Pearl.

Maar niet alles hoefde te worden uitgesproken.

"Weten jullie dat, ondanks dat de Witching Hour Red Merlot in de prijzen is gevallen bij de 'Beste Nieuwe Wijn' en de 'Wijn van het Jaar', er een wijn is die zelfs nog beter is?" vroeg Tyler.

"Mam heeft eerlijk gewonnen," protesteerde ik. Waarom haalde hij Mams wijn zo naar beneden?

Tyler wees naar het prieel waar een fles wijn stond te koelen in een ijsemmer, met vier wijnglazen ernaast. "Mag ik jullie het nieuwste product van de Westwick Winery aanbieden? Het is nog zo nieuw dat het de deadline van het wijnfestival niet meer heeft gehaald. Hier is de Spellbound Chardonnay, speciaal gefabriceerd voor onze pas afgestudeerde Ervaren Heks."

Vol verbazing riep ik naar Mam: "Heb je deze wijn speciaal voor mij gemaakt?"

Ze schudde haar hoofd. "Ik niet. Tyler heeft hem gefabriceerd, met een beetje hulp van Antonio en mij. Daarom had Antonio het ook zo druk; hij deed zijn best om ons te helpen de wijn op tijd klaar te krijgen."

"Dit was de verrassing." Tyler ontkurkte de fles en schonk voor ieder van ons een glas in.

"Nu kan ik ook mijn geheime opdracht onthullen, Cen!" riep tante Pearl. "Ik moest dit allemaal voor jou organiseren. Je Ervaren Heks-ceremonie!"

Ik was diep geraakt. "Tante Pearl, wat ontzettend lief! Heb je al deze moeite voor mij gedaan?"

Ze legde een vinger op haar lippen. "Je begrijpt natuurlijk wel dat we de mensen hier niet kunnen vertellen dat je een heks bent, dus hebben we gedaan alsof het een bruiloft is. Een nepbruiloft. Zo kunnen we toch een groot feest houden. Natuurlijk moeten jullie dan wel doen alsof jullie trouwen en zo..."

Tyler lachte. "Ik wil iedere dag van de week wel doen alsof ik met je trouw, Cendrine West. Wil je mij aannemen tot je nep-echtgenoot?"

"Ja, dat wil ik!"

OVER DE AUTEUR

Colleen Cross is de auteur van de bestselling Fraudethriller-serie rond Katerina Carter en de daarvan afgeleide serie de Kleur van Geld, ook met Katerina Carter in de hoofdrol. Haar twee populaire thriller/detectiveseries hebben dezelfde hoofdpersoon. Katerina Carter is een slimme forensisch accountant en fraude-onderzoekster die zich geen appels voor citroenen laat verkopen.

Ze doet altijd het juiste, al schrikken mensen nogal eens van haar onorthodoxe methoden.

Colleen Cross is bovendien accountant en fraude-expert en schrijft waargebeurde misdaadverhalen. In Anatomy of a Ponzi: Scams Past and Present bijvoorbeeld ontmaskert ze de grootste Ponzi-fraudeurs aller tijden en hoe ze ermee wegkwamen. Ze voorspelt bovendien precies het moment en de plek waarop de grootste Ponzi-fraude ooit aan het licht zal komen en de aanwijzingen waar men op moet letten.

Colleen Cross is ook actief op social media.

Facebook: www.facebook.com/colleenxcross

Twitter: @colleenxcross

Je kunt haar ook vinden op Goodreads.com.

Bezoek voor het laatste nieuws over Colleens boeken haar website: www.colleencross.com.

Wil je op de hoogte gehouden worden van Colleens nieuwste boeken, schrijf je dan in voor haar nieuwsbrief! http://eepurl.com/c0jsL1

OOK VAN COLLEEN CROSS

De Heksen van Westwick
Jong Gehekst is oud Gedaan
Een goede spreuk is het halve werk
Niet Getoverd is Altijd Mis
Kerstmis, heksen en een moord
Moord, wijn en een heksenfestijn

Katerina Carter juridische thrillers
Nooduitgang
Met gelijke munt
Engel des doods
Groene schijn
In het rood
Blauwe Maandag

Wil je op de hoogte gehouden worden van Colleens nieuwste boeken,
schrijf je dan in voor haar nieuwsbrief!

www.colleencross.com